KB076952

2015년 4월 6일 제1판 제1쇄 인쇄
2015년 4월 13일 제1판 제1쇄 발행

엮어쓴이   조재도
펴낸이   강봉구

마케팅   윤태성
디자인   비단길
인쇄제본   (주)아이엠피

펴낸곳   작은숲출판사
등록번호   제406-2013-000081호
주소   413-170 경기도 파주시 신촌로 21-30(신촌동)
서울사무소 100-250 서울시 중구 퇴계로 32길 34
전화   070-4067-8560
팩스   0505-499-8560
홈페이지   http://cafe.daum.net/littlef2010
페이스북   http://www.facebook.com/littlef2010
이메일   littlef2010@daum.net

ⓒ조재도

ISBN 978-89-97581-69-6   44800
ISBN 978-89-97581-49-8   44800(세트)
값 12,000원

※이 책은 저작권법에 따라 보호받는 저작물이므로 무단 전재와 무단 복제를 금합니다.
※이 책의 전부 또는 일부를 이용하려면 반드시 저작권자와 '작은숲출판사'의 동의를 받아야 합니다.

반딧불
이문고

열공 학생들을 위한 읽기 학습 교양서

토요일에 읽는 세계 단편 소설 2

조재도 엮어 씀

작은숲

1

　세상에는 헤아릴 수 없이 많은 문학작품이 있습니다. 아마도 그 수는 밤하늘의 별만큼이나 많지 않을까요? 그 많은 문학작품 중에 소설, 그것도 특히 단편소설의 수도 부지기수로 많습니다. 이 책은 그렇게 많은 세계 단편소설 중에서 추리고 또 추려서 더 이상 뺄 수 없는 작품 13편을 두 권에 나누어 실었습니다.

　나는 작품을 선정할 때 이 작품은 꼭 학생들이 한 번쯤 읽고 알아 두었으면 하는 것을 기준으로 삼았습니다. 워낙 유명해서 제목만 대도 "아, 그거!"라고 말할 수 있거나, 아니면 "들어는 본 것 같다!"라고 말할 수 있을 정도는 되어야 하지 않을까 하는 작품을 선정했습니다. 그만큼 여기 실린 작품들은 국어 시간뿐만 아니라 상식과 교양의 차원에서 자주 사람들의 입에 오르내린다는 뜻입니다.

머리말

나는 이 책을 준비하면서 두 가지를 염두에 두었습니다.

하나는 학생들이 읽으면서 학습이 되도록 했습니다. 낱말 뜻과 필요한 부분에 대한 설명을 마치 수업시간에 선생님에게 설명을 듣는 것처럼 했습니다.

다른 하나는 작품 앞에 감상의 길잡이를 두어 작품이 씌어진 배경, 놓치지 말아야 할 핵심 요소 등을 제시했습니다. 어떤 문학작품도 작품이 씌어진 그 시대와 무관할 수 없으며, 작품마다 간과해서는 안 되는 감상의 핵심 요소가 있기 때문입니다. 또 각 작품마다 독후활동을 두어 작품 감상의 중요 포인트를 다시 한 번 확인하게 하였습니다.

이 책에 실린 작품 중 카프카의 「변신」이나 루쉰의 「아Q정전」, 고골리의 「외투」는 중편소설에 해당하지만 꼭 빼놓을 수 없는 작품으로, 단편소설집에 같이 넣다 보니 단편소설이라고 하였습니다.

3

　나는 이 책이 학생들에게 읽기 학습 자료로 활용되었으면 좋겠습니다. 큰 부담 없이 읽기만 해도 공부가 되는 그런 책이 되었으면 좋겠습니다. 또 학습에 도움이 되는 배경지식을 넓힐 뿐만 아니라, 세계문학에 대한 교양을 쌓는 데도 도움이 되었으면 합니다.

2015년 3월
조재도

일러두기

1. 띄어쓰기와 표기법을 현대어 표기법에 맞도록 통일하였습니다.

2. 본문을 이해하는 데 꼭 필요한 단어는 단어 밑에 작은 글씨로 그 뜻을 표기했
   습니다.

3.「　」는 단편소설을『　』는 단행본으로 나온 책을 표시하였습니다.

차례

오 헨리

크리스마스 선물

감상의 길잡이

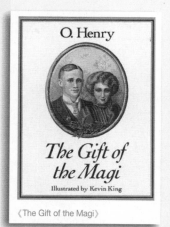

《The Gift of the Magi》

이 소설의 원 제목은 영어로 『The Gift of the Magi』즉 '동방박사의 선물'이다. 동방박사 이야기는 아기 예수가 태어났을 때 별을 보고 먼 길을 찾아와 경배를 드렸다는 성서의 이야기로, 인간이 드릴 수 있는 이 세상 최고의 선물을 상징한다. 우리 말로 변역된 『크리스마스 선물』은 원래 『동방박사의 선물』이라고 해야 하는데 우리가 공감할 수 있도록 그렇게 번역한 것이다.

한 가난한 부부가 있다. 유난히도 서로 사랑하는 부부는 크리스마스가 다가오자 고민에 빠진다. 선물을 살 돈이 없기 때문이다. 남편은 시계를 팔아 부인에게 고급 머리 빗을 선물한다. 한편 부인은 자신의 탐스러운 머리칼을 팔아 남편에게 시곗줄을 선물한다. 작품의 서두는 다소 경쾌한 분위기에서 시작된다. 상대방에게 뭔가 선물할 수 있다는 즐거움 때문이다. 그러나 집안에서 부부가 만나는 순간, 분위기는 반전된다. 머리칼을 자른 부인에게는 머리 빗이 소용없고, 시계를 팔아 버린 남편에게는 시곗줄이 소용없기 때문이다. 그러나 다시 부인은 곧 머리칼이 자랄 것이라고 남편을 위로하고, 남편 또한 조촐하나마 크리스마스 파티

를 벌이자고 말한다. 가난하지만 착한 사람들의 에피소드를 주
님의 은혜가 가득한 크리스마스를 시간적 배경으로 묘사하고
있다.

　비판적 독자라면 소설 내용에, 예컨대 시계 값과 머리 빗 한 개
의 값이 같은가, 또는 일상생활에 필수적인 시계를 팔아서까지
크리스마스 선물을 준비해야 하는가 하는 의문을 가질 수도 있겠
지만, 이는 어디까지나 사실 왜곡이 아닌 소설의 '허구'로서의 특
질로 보아야 할 것이다.

　정교한 구성과 결말 부분에서의 급작스런 반전을 통해 작가는
독자의 예상을 깨고, 삶의 행복과 인간의 가치가 무엇인가를 묻
고 있다.

1달러 87센트, 이것이 가진 돈의 전부였다. 그 중에서도 60센트는 1페니짜리 잔돈이었다.

이 동전들은 인색하다는 말을 듣고 얼굴이 빨개지면서까지 악착같이 물건 값을 깎아 모은 것이었다. 델라는 세 번이나 돈을 세어 보았다. 역시 1달러 87센트였다. 그런데 내일은 크리스마스가 아닌가.

이제는 초라한 침대에 주저앉아 울어 버리는 수밖에 없었다. 델라는 침대에 주저앉아 눈물을 흘렸다. 이렇게 울고 나면 인생이란 눈물과 콧노래와 웃음으로 이루어져 있고, 그 중에서 콧노래가 제일이라는 교훈을 얻게 되는 것이다.

델라의 기분이 흐느낌에서 콧노래로 바뀌어 가는 동안 이 집 방 안을 살펴볼까? 가구가 딸려 있는 이 집 집세는 일주일에 8달러이다. 형편없는 집은 아니라고 해도, 잘못하면 거지 떼들이 몰려들지도 모를 그런 방이었다.

아래층 현관에는 늘 비어 있는 우편함과 아무리 눌러도 소리가 나지 않는 초인종이 있다. 거기에는 '제임스 딜링햄 영'이라고 적힌 명패가 붙어 있다. '딜링햄'이라는 글자는 주인이 주급 30달러를 받던 시절에는 반짝반짝 빛을 내더니, 주급 20달러로 줄어든 지금은 부끄러운 듯 'D' 한 글자로 줄어들 것처럼 희미해졌다.

그러나 제임스 딜링햄 영 씨가 집에 돌아와 이층으로 올라갈 때면 늘 그를 '짐'이라고 부르는 부인 델라가 따뜻하게 반겨 주었다.

델라는 울음을 그치고 창가에 서서 뒤뜰의 담장 위를 걸어가는 고양이를 바라보았다. 내일이 크리스마스인데 짐의 선물을 살 돈이라고는 1달러 87센트가 전부였다. 몇 달 동안 한 푼 두 푼 아껴서 모은 돈이지만 주급 20달러로는 어쩔 도리가 없었다. 돈을 써야 할 곳은 언제나 그녀의 생각보다 많았다.

선물 살 돈이 고작 1달러 87센트뿐이라니, 그녀가 사랑하는 남편의 선물인데……. 그녀는 무슨 선물을 할까 고민하느라 행복한 마음으로 몇 시간을 보냈다. 멋지고 색다르며 진귀한 선물을 사고 싶었다.

델라의 방 안에는 거울이 하나 있었다. 집세 8달러짜리 아파트에 걸려 있는 작은 거울이었다. 델라처럼 마르고 민첩하게 생긴 사람만이 자기 모습을 제대로 비춰볼 수 있을 정도로 작았다.

거울 앞에 선 델라의 얼굴이 금세 창백해졌다. 델라는 머리를 풀어 어깨 위로 늘어뜨려 보았다.

제임스 딜링햄 영 부부에게는 두 가지 자랑거리가 있었다. 하나는 남편 짐이 할아버지에게 물려받은 금시계였고 다른 하나는 델라의 머리카락이었다. 만약 전설 속 여왕인 시바 여왕이 델라

의 옆집에 살고 있었더라면 델라가 창문 밖으로 머리카락을 늘어뜨릴 때마다 부러워서 어쩔 줄 몰라 했을 것이다.

보물을 산더미처럼 가지고 있는 솔로몬 왕도 짐의 멋진 금시계를 보면 부러운 마음에 턱수염을 몇 번 쓰다듬었을지도 모른다.

델라의 아름다운 머리카락이

시바 여왕 성경 열왕기에 나오는 이야기로, 시바 여왕은 솔로몬 왕을 시험하기 위해 많은 수행원과 향료, 금 등을 낙타에 싣고 예루살렘에 왔다고 전해진다. 그림은 피에로 델라 프란체스코가 그린 〈솔로몬을 찾아온 시바 여왕〉.

무릎 아래까지 황금 폭포가 물결치듯이 빛나고 있었다. 델라는 재빠르게 머리를 묶고는 잠시 머뭇거리다가 낡고 초라한 붉은색 양탄자 위에 눈물방울을 떨어뜨렸다.

눈물을 글썽이던 델라는 낡은 외투와 모자를 걸치고는 황급히 집 밖으로 나섰다.

델라는 '소프로니 상점, 미용 가발 전문점'이라고 쓰인 간판 앞에서 걸음을 멈추었다.

단숨에 상점으로 뛰어들어 간 델라는 숨을 몰아쉬며 마음을 가다듬었다. 쌀쌀맞게 생긴 여주인이 델라를 맞이했다.

"제 머리카락을 사시겠어요?"

델라가 물었다.

"사겠어요. 모자를 벗고 머리카락을 보여 줘요."

갈색 폭포가 흘러내렸다.

"20달러 드리죠."

여주인이 익숙한 솜씨로 머리카락을 살펴보며 말했다.

"빨리 계산해 주세요."

그 후 두 시간이 꿈결처럼 흘러갔다. 델라는 짐의 선물을 사기 위해 이 가게 저 가게를 찾아다녔다.

델라는 마침내 선물을 발견했다. 그것은 정말 짐을 위해 만들어진 것 같았다. 상점이란 상점은 다 뒤졌지만 어디에도 이런 물건은 없었다. 그것은 백금으로 된 시곗줄로, 단순하고 고상한 장식이 마음에 들었다.

델라는 이 시곗줄이야말로 짐에게 딱 맞는 물건이라고 생각했다. 품위 있고 고급스러워서 시계와 짐, 둘 모두에게 어울릴 것 같았다.

시곗줄 값으로 21달러를 지불한 델라는 87센트를 가지고 서둘러 집으로 향했다. 이 시곗줄을 달면 짐은 누구 앞에서든 눈치 보지 않고 시계를 볼 수 있을 것이다.

짐의 시계는 훌륭했지만 거기에 달려 있는 낡은 가죽 시곗줄 때문에 짐은 시계를 남들 몰래 살짝 꺼내 보곤 했다.

집으로 돌아온 델라는 흥분을 가라앉히고 사랑을 위해 아낌없이 잘라낸 머리를 매만지기 시작했다.

그렇게 40분이 흐르자 델라는 이제 짧은 머리를 가진 장난꾸러기 남학생처럼 보였다. 델라는 거울에 비친 자신의 모습을 찬찬

크리스마스를 앞 둔 길거리 풍경은 화려하다. 하지만 사랑하는 이를 위한 선물을 마련할 돈이 없던 부부의 마음은 괴로웠다.

히 들여다보았다.

"짐이 이 모습을 보면 합창단 소녀 같다고 할 거야. 하지만 어쩔 수 없어. 1달러 87센트로는 아무것도 살 수 없었는 걸."

7시가 되자 델라는 커피를 끓이고 저녁 지을 준비를 했다.

짐은 늦는 법이 없었다. 델라는 시곗줄을 손에 들고 문 가까이에 있는 탁자에 앉았다. 이윽고 아래층에서 계단을 올라오는 발소리가 들려왔다. 델라의 얼굴이 갑자기 창백해졌다. 델라는 사소한 일에도 기도를 하곤 했는데, 지금 역시 속으로 기도를 중얼거렸다.

"하느님, 짐이 전처럼 제가 예쁘다고 생각하게 해 주세요."

문이 열리고 창백하게 굳은 얼굴을 한 짐이 들어왔다. 스물두 살의 짐에게 가장 노릇은 힘든 일일지도 모른다. 짐에게는 새 외투도, 장갑도 없었다.

방 안에 들어선 짐은 우뚝 멈춰 서서 델라를 뚫어지게 바라보았다. 그 눈에는 델라가 이해할 수 없는 표정이 어려 있었다. 그것은 노여움도, 놀람도, 불만도, 공포도 아니었고, 델라가 각오하고 있던 그 어떤 감정도 아니었다. 짐은 이상한 표정으로 델라를 쳐다볼 뿐이었다.

델라는 탁자에서 일어나 짐 곁으로 다가갔다.

"여보!"

델라가 소리쳤다.

"그런 눈으로 보지 마세요. 당신에게 크리스마스 선물을 사 주고 싶어서 머리를 잘라 팔았을 뿐이에요. 머리카락은 금방 다시 자라날 테니까 괜찮아요. 그렇죠? 이럴 수밖에 없었어요. 제 머리카락은 아주 빨리 자라는 걸요. '메리 크리스마스.'라고 말해 줘요. 그리고 즐거운 시간을 보내요. 제가 얼마나 근사한 선물을 준비했는지 당신은 상상도 못할 거예요."

"당신 머리카락을 잘라 버렸다고?"

짐은 아무리 애를 써도 이 상황을 이해할 수 없다는 듯 괴로운 표정으로 물었다.

"머리카락을 잘라서 팔았어요."

델라가 말했다.

"그렇지만 변함없이 저를 좋아해 줄 거죠? 머리카락이 없어도 저는 여전히 그대로예요. 그렇죠?"

짐은 두리번거리는 눈으로 방 안을 둘러보았다.

"이제 당신 머리카락은 없어져 버렸단 말이지?"

"찾아볼 필요도 없어요."

델라가 말했다.

성경 마태복음에 아기 예수의 탄생을 축하하기 위해 동방박사들이 페르시아에서부터 별을 보고 찾아와 경배했다는 이야기.

"팔아 버렸어요. 짐, 오늘은 크리스마스이브예요. 제발 다정하게 대해 줘요. 머리카락은 당신을 위해서 팔았어요. 그 머리카락은 잊어버리고 제 사랑만 생각해 주세요."

델라가 애정 어린 목소리로 말을 이었다.

"저녁 드시겠어요?"

그 순간 짐은 정신이 번쩍 들었다. 짐은 델라를 껴안았다.

주급 8달러와 연봉 100만 달러에 무슨 차이

가 있을까?

어떤 수학자나 현명한 사람이라도 정답을 말하지 못할 것이다. 동방박사들이 값진 선물을 들고 마구간으로 갔지만, 그 선물 가운데에도 해답은 없었다. 이 어려운 문제는 언젠가는 풀릴 것이다.

짐은 외투 주머니에서 작은 상자를 꺼내 탁자 위에 올려놓았다.

"나를 오해하지는 말아 줘."

짐이 말했다.

"머리카락을 잘랐다고 해서 어떻게 내 사랑이 변하겠어? 저 상자를 열어 보면 내가 왜 멍청한 얼굴을 하고 있었는지 알 수 있을 거야."

델라의 하얀 손가락이 재빠르게 상자를 열었다. 그러자 기뻐서 어쩔 줄 모르는 탄성이 터져 나왔다. 그리고 그 탄성이 어느새 울음으로 바뀌어 짐은 있는 힘껏 아내를 위로해 주어야 했다.

상자에는 머리빗이 들어 있었다. 델라가 가게 진열대에서 발견했을 때부터 갖고 싶어 하던 머리빗이었다. 가장자리에 보석이 박힌 빗은 지금은 잘라 버린 델라의 아름다운 머리카락에 꼭 어울리는 색깔이었다.

비싼 머리빗인 걸 알았기 때문에 갖고 싶다는 엄두조차 내지 못하고 안타깝게 바라보기만 했었다. 이제 그 빗은 델라 것이 되었지만, 이번에는 그 빗에 어울리는 머리카락이 사라져 버린 것이다. 델라는 빗을 가슴에 꼭 안고 눈물을 글썽이면서도 웃으며 말했다.

"제 머리카락은 아주 빨리 자라요, 여보."

그러고 나서 델라는 소리를 지르며 벌떡 일어났다.

짐은 아직 델라가 준비한 근사한 선물을 보지 못했다. 델라는 시곗줄을 손바닥 위에 올려놓고 짐에게 펼쳐보였다. 시곗줄이 델라의 맑고 아름다운 마음 덕분인지 한층 더 눈부시게 빛났다.

"근사하죠? 온 거리를 다 뒤져서 찾아냈어요. 이제 하루에 백 번도 넘게 시계를 보고 싶을 거예요. 당신 시계를 주세요. 얼마나 잘 어울리는지 보고 싶어요."

짐은 시계를 꺼내 주는 대신 침대에 드러누워 빙긋 웃었다.

"크리스마스 선물은 당분간 보관해 둡시다. 지금 당장 쓰기에는 너무 소중해. 사실은 머리빗을 사느라 시계를 팔아 버렸어. 이제 저녁이나 만들어요."

마구간에 있는 아기에게 선물을 가지고 온 동방박사들은 현명한 사람들이었다. 그렇기 때문에 불필요한 선물이 있을 경우에는 다른 것과 바꿀 수 있는 특혜가 있었을 것이다.

그런데 나는 여기서 가장 현명하지 못하게 그들의 최대의 *가보[1]를 희생한, 어리석은 가난한 부부의 이야기를 그나마도 서툴게 이야기했다.

그러나 현대인에게 마지막으로 하고 싶은 말은 선물을 주는 모든 사람 가운데 이 부부가 가장 현명하다는 것이다.

---

1 한 집안에서 대를 물려 전해 오는 보배로운 물건

진실로 선물을 주고받는 모든 사람 중에서 이 사람들이 가장 현명했다. 어디를 가든 이런 사람들이 가장 현명한 것이다. 이들 이야말로 진짜 동방박사인 것이다.

오 헨리 1862~1910

미국의 소설가. 본명은 시드니 포터 (W. Sidney Porter). 결혼 후 은행에 취 직하여 근무하던 중 공금횡령죄로 구속 수 감되었다. 수감 생활을 하면서 본격적으로 문학 작품을 쓰기 시 작했는데, 그는 그가 겪었던 가난에 지친 인간들의 모습을 그의 작품 속에 섬세하게 그려 놓았다. 오 헨리라는 필명을 쓴 것은 딸 에게 자기가 옥살이를 한 사실을 알리지 않기 위해서였다고 한 다. 대표작으로 「마지막 잎새」가 있다.

1 이 소설에서 남편이 부인에게, 부인이 남편에게 선물한 것은 무엇
인가요?

2 크리스마스에 받고 싶은 선물이 있다면 누구에게 어떤 선물을 받고
싶은지 말해 보세요.

3 작가는 이 소설을 통해 등장인물들이 주고받은 선물이 동방박사의
선물만큼이나 소중하다고 합니다. 그 이유에 대해 말해 보세요.

오 헨리

마지막 잎새

감상의 길잡이

　　이 소설은 1900년대 초 미국 뉴욕의 그리니치 마을에 '예술가촌'이 생길 무렵 가난한 화가들의 이야기이다.

　　가난한 화가촌인 그리니치 마을에 수와 존시라는 두 화가 지망생이 살고 있다. 겨울이 시작될 무렵 도시에 폐렴이 유행하면서 존시가 병에 걸리는데, 왕진 온 의사는 그녀가 회생할 가능성이 10퍼센트밖에 되지 않는다는 진단을 내린다.

　　병든 존시는 창가에 있는 침대에 누워 옆집 담의 담쟁이덩굴에서 떨어지는 잎을 세면서 마지막 남은 잎이 떨어지는 순간 자기도 죽게 될 거라는 나약한 마음을 가진다. 수는 아래층에 살고 있는 '베어먼'이라는 늙은 화가를 찾아가 그를 모델로 하여 그림을 그리면서 그러한 존시의 생각을 이야기한다. 베어먼은 상업용이나 광고용 그림을 몇 점 그린 것 외에는 40여 년 간 변변한 그림 한 장 그리지 않고 있으면서 항상 위대한 걸작을 그릴 거라고 큰 소리치는 인물이었다.

　　그날 밤, 밤새도록 비바람이 세차게 몰아친다. 그런데 벽돌담의 담쟁이덩굴에는 아직 잎 하나가 떨어지지 않고 남아 있었다. 이튿날 밤에도 역시 비바람이 심하게 불었지만, 그 잎이 떨어지지 않은 것을 보고 존시는 삶의 의욕을 되찾는다.

　　의사는 존시가 죽음의 위험에서 벗어났다고 하면서 아래층에 있는 베어먼이 폐렴에 걸려 입원을 시키게 되었다는 소식을 전하고 간다. 베어먼 노인은 결국 그날 숨을 거두고 마는데, 마지막 잎새는 그가 존시를 위해 비바람을 맞으며 밤에 몰래 그려 놓은 것임이 밝혀진다.

이 소설에서 우리가 눈여겨보아야 할 것은 존시를 살린 것은 유능한 의사가 아닌, 술에 찌들어 허풍만 일삼는 늙은 화가 베어먼이었다. 겉보기에는 보잘 것 없는 실패한 화가지만, 그는 꺼져 가는 생명에 다시 불을 붙여 준 위대한 화가였다. 이를 통해 작가는 진정한 사랑과 예술은 인간에 대한 깊은 이해를 바탕으로 성취될 수 있음을 감동적으로 보여 주고 있으며, 삭막한 현대 사회에서 우리가 소중하게 지켜야 할 것이 무엇인지를 환기시켜 주고 있다.

워싱턴 광장 서쪽, 크고 작은 길들이 제멋대로 뻗은 복잡하게 꼬인 거리. 이 오래 된 그리니치 마을은 언제부턴가 '화가 마을'로 불리고 있었다. 값싼 *셋방[1]을 찾아 전국에서 모여든 무명 화가들이 많이 살고 있기 때문이었다.

수와 존시는 이 마을의 아담한 3층 벽돌집 꼭대기에 화실을 차렸다. 존시의 원래 이름은 '조애너', 캘리포니아가 고향이다. 수는 메인 출신이다. 두 사람은 8번가에 있는 델 모니코 식당에서 처음 만났다. 그들은 예술과 치커리 샐러드, 작업복 소매 등에 대한 서로의 취향이 비슷하다는 것을 알게 되었고 곧 친해졌다. 그리하여 공동 화실을 차리게 된 것이다. 5월의 일이었다.

11월이 되었다. 날이 추워지자 전국적으로 *폐렴[2]이 유행했다. 동부 지역에서 활개를 치고 다니며 수십 명의 희생자를 낸 이 파괴자는, 급기야 이곳 화가들의 마을까지 찾아왔다. 가난한 화가들에게 폐렴은 가장 무서운 경계의 대상이었다.

폐렴균은 끝내 존시의 가냘픈 육체까지 습격해 왔다. 캘리포니아의 따뜻한 바람 속에서 성장한 존시의 몸에 폐렴의 기운은 감당하기 힘든 것이었다. 가엾은 존시는 페인트칠만 되어 있는 쇠침대에 꼼짝없이 누워 지내는 신세가 되고 말았다. 그리하여 온종일 하는 일이라곤 네덜란드 식 작은 유리창 너머로 이웃 벽돌집의 휑한 벽을 바라보는 것뿐이었다.

어느 날 아침, 짙은 회색 눈썹의 의사가 존시를 진찰하고 일어섰다. 의사는 수를 복도로 불러냈다.

"환자 상태가 심각합니다. 회복될 가능성은 10퍼센트정도입니다."

의사는 체온계를 흔들며 말했다.

"한 가지 가능성이라는 것은, 바로 환자의 의지입니다. 삶에 대한 의지 말이에요."

"삶에 대한 의지요?"

"그렇습니다. 삶을 포기하고 죽음을 기다리는 사람에게는 아무리 좋은 처방도 효과가 없는 법입니다. 그런데 저 환자분은 자신이 회복되지 못할 거라면서 이미 절망에 빠져 있더군요. 친구 분의 마음을 약하게 만들 만한, 무슨 안 좋은 일이라도 있나요?"

---

1 세를 내고 빌려 쓰는 방.
2 폐에 생기는 염증. 오한, 고열, 기침, 호흡 곤란 따위의 증상을 보인다.

나폴리 만 이탈리아 서해안에 있는 만.

"글쎄요. 언젠가 그런 말을 했어요. 나폴리 만을 꼭 한 번 그려 보고 싶다고."

"나폴리 만이라니. 그런 거 말고 더 심각한 것 말입니다. 이를테면 남자 문제라든가."

"아뇨, 제가 알기에 그런 문제는 없었어요."

"바로 그게 문제가 될 수도 있겠군요. 하여간 제 힘이 닿는 한 최선을 다해 보겠습니다. 중요한 문제는 아까 이야기했듯이 환자의 의지에요. 환자가 이번 겨울에 유행할 외투 스타일에 관심을 가질 정도로 삶에 의욕을 갖는다면, 그녀가 치유될 가능성은 10퍼센트에서 50퍼센트로 높아질 겁니다."

의사가 돌아간 뒤 수는 화실에 들어가 소리 죽여 울었다. 그리고는 아무 일 없다는 듯 밝은 표정으로 존시의 병실에 들어섰다.

존시는 창 쪽으로 몸을 돌린 채 누워 있었다. 잠이 든 것 같았다.

수는 화판을 펼치고 펜을 들었다. 그리고 소설책에 넣을 삽화를 그리기 시작했다. 젊은 화가들이 생계를 위해 흔히 하는 일이었다.

카우보이인 소설 주인공을 그려야 했다. 카우보이의 승마 바지를 멋지게 그려 넣는 순간, 어디선가 나지막한 소리가 들려왔다. 중얼거리는 듯한 그 소리는 되풀이해서 들려오고 있었다. 수는 일어서서 병상 쪽으로 다가갔다.

존시가 눈을 뜨고 있었다. 창밖을 바라보며 뭔가를 세는 중이었다.

"열둘."

그리고는 또 중얼거렸다.

"열하나."

잠시 후 다시 중얼거렸다.

"열."

"아홉."

"여덟."

"일곱."

수는 창밖을 내다보았다. 벽돌로 된 황량한 벽, 오래 된 담쟁이 덩굴 한줄기가 벽 중간까지 기어올라 엉겨 붙어 있었다. 싸늘한 가을바람에 잎새를 대부분 떨어뜨리고 앙상한 가지만 초라하게 남은 모습이었다.

수가 물었다.

"뭐 하는 거야?"

"여섯."

존시가 속삭였다.

"떨어지는 속도가 점점 빨라지고 있어. 사흘 전에는 백 개 정도 였는데, 세느라고 눈이 아플 지경이었으니까."

"뭐가?"

"어머! 또 하나 떨어졌네. 이제 다섯 개밖에 남지 않았어."

"도대체 뭐가 말이야? 다섯 개라니."

"잎새. 저기 담쟁이덩굴에 남은 잎새 말이야. 마지막 잎새가 떨어지면 나도 세상을 떠나야 하거든."

"바보 같은 소리."

수가 내뱉었다.

"엉터리 같으니. 담쟁이덩굴 잎하고 너하고 무슨 관계가 있니? 의사 선생님이 그러셨어. 네가 싹 나을 가능성이…… 음…… 십중팔구라고 말야! 뭐, 뉴욕에서 전차를 타고 가거나 공사 중인 건물 밑을 지나갈 때도 그만한 위험성은 있는 거니까. 자, 쓸데없는 소리 말고 이 수프나 마셔. 그래야 내가 안심하고 그림을 그릴 거 아냐. 빨리 삽화를 그리고 돈을 받아야 너에게 맛있는 포도주를 사 줄 수 있다고."

"이제 포도주 같은 건 필요 없어."

멍한 시선을 창 밖에 고정한 채 존시가 말했다.

"또 한 잎이 떨어졌네. 이제 네 개밖에 안 남았어. 날이 어두워지기 전에 마지막 한 잎이 떨어지면 좋겠어. 그래야 나도 세상에서 훨훨 떨어질 테니까."

"존시!"

수는 존시에게 가까이 다가갔다.

"내가 일을 마칠 때까지 눈 감고 창밖을 보지 않겠다고 약속해 줘. 그러지 않겠다면 아예 커튼을 내리고 말 거야. 나 있잖아. 내일까지 저 삽화들을 갖다 줘야 해. 밝아야 그림을 그릴 수 있단 말이야."

그러자 존시는 세상 모든 의욕을 잃은 사람처럼 대꾸했다.

"다른 방에서 그리면 되잖아."

"안 돼. 왜냐하면 네 곁에 있고 싶으니까. 어쨌거나 네가 저 놈의 낙엽 숫자나 세며 바보 같은 소리 하는 거 정말 마음에 안

들어."

"알았어. 일을 마치거든 말해."

눈을 감은 존시가 창백한 얼굴로 중얼거렸다.

"마지막 잎새가 떨어지는 걸 꼭 보고 싶거든. 난 너무 지쳤어. 저 가엾은 잎새들처럼 세상 밖으로 조용히 날아가고 싶다고."

"한숨 자."

수가 일어섰다.

"난 잠깐 내려가서 베어먼 할아버지를 모셔 와야겠어. 늙은 광부를 그려야 하는데 모델이 필요하거든. 곧 돌아올 테니 약속 지키고 있어. 알았지?"

베어먼 노인은 아래층에 사는 화가였다. 뺨에는 무성하게 털이 났으며 조그만 체구를 가진 그는 이미 예순 살이 넘었다.

그는 예술의 낙오자였다. 40년 동안 *화필[3]을 쥐었지만 이렇다 할 명성을 얻어 본 적이 없었다. 말로는 언제나 걸작을 그린다고 큰소리를 쳤지만, 늘 말뿐이었다. 지난 몇 해 동안 광고물에 쓸 서툰 그림을 몇 점 그렸을 뿐, 작품이라고 할 만한 것은 손도 댄 적이 없었다.

그는 전문 모델을 쓸 돈이 없는 이 곳 화가 마을에서 젊은 화가들의 모델이 되어 주고는 몇 푼 안 되는 수고비를 얻어 쓰기도 했다. 툭하면 독한 술에 취해서, 머지않아 세상 최고의 걸작을 그릴 거라는 말만 되풀이했다.

---

3 그림을 그리는 데 쓰는 붓.

캔버스 유화를 그릴 때 쓰는 천.

수는 베어먼 노인의 집에 들어섰다. 노인은 어둠침침한 ˚골방⁴에서 고약한 술 냄새를 풍기며 앉아 있었다. 한쪽 구석에는 아무것도 그리지 않은 캔버스˚가 보였다. 노인의 말대로라면, 걸작이 그려지기를 25년이나 기다려 온 캔버스였다.

수는 베어먼에게 존시에 대해 이야기했다. 여전한 폐렴 증세와 의사가 했던 말, 그리고 담쟁이덩굴의 잎에 대해.

"존시는 나뭇잎처럼 가볍고 연약한 친구예요. 삶에 대한 의욕이 더 약해지면, 정말로 둥둥 떠서 하늘로 날아가 버릴지도 몰라요."

베어먼 노인의 핏발 선 눈이 조금 촉촉해졌다. 몸집이 작고 성격이 꼿꼿한 그는 다행히 위층의 두 젊은 예술가와는 친한 편이었다. 잠시 생각에 잠긴 노인은 커다란 목소리로 퉁명스럽게 지껄였다.

"뭐가 어째? 말라비틀어진 덩굴에서 잎이 떨어지면 저도 따라 죽는다고? 그런 얼빠진 소린 태어나서 생전 처음 듣네! 젠장, 자네는 도대체 무얼 하고 있었기에 같이 사는 친구가 그런 멍청한 생각을 하도록 놔뒀어? 나 당신 같은 사람 위해 모델 할 생각 없어! 쯧쯧."

"병 때문에 마음이 약해진 거예요."

수가 변명했다.

"사람이 아프면 이상한 생각에 빠질 수도 있잖아요."

"이상한 생각도 정도껏 해야지. 그게 말이나 되는 소리냐고!"

"그만 하세요. 어쨌거나 알겠어요. 제 모델이 되기 싫다면 할 수 없죠. 저 갈게요. 변덕쟁이 할아버지."

"하여간 여자들이란!"

베어먼 노인이 소리쳤다.

"누가 안 하겠다고 그랬나? 말이 그렇다는 게지. 알았다구, 갑시다, 가자고. 자네 같은 젊은 예술가를 위한 모델이라면 내 얼마든지 할 참이라고 30분 전부터 생각하고 있었다니까."

"피이."

"그거 참! 여긴 존시 같은 착한 아가씨가 병들어 누워 있을 만한 동네가 아니야. 이렇게 하면 어때? 머지않아 내가 걸작을 그릴 거거든. 그러면 우리 모두 다른 데로 옮기자고! 내 말 진심이야. 알았어?"

"알았어요. 알았으니까 어서 일어나세요. 할아버지."

두 사람은 위층으로 올라갔다. 존시는 잠들어 있었다. 수는 커튼을 내리고 베어먼 노인에게 옆방으로 가자는 몸짓을 했다. 옆방으로 간 두 사람은 창밖으로 담쟁이덩굴을 내다보았다. 그리고 말없이 서로를 쳐다보았다. 진눈깨비가 쉴새 없이 내리고 있었다.
비가 섞여 내리는 눈

베어먼 노인은 낡고 푸른 웃옷을 입었다. 그리고 바위 대신 냄

---

4 큰 방의 뒤쪽에 딸린 작은방.

비를 엎어 놓고 앉아 외로운 광부의 자세를 취해 주었다.

이튿날 아침, 수는 잠에서 깼다. 존시는 흐릿한 눈으로 커튼이 드리워진 창을 바라보고 있었다.

"커튼 좀 걷어 줘. 밖이 보고 싶어."

나직한 속삭임이었지만 거부할 수 없는 목소리였다. 마지못해 일어선 수가 창가로 다가갔다. 그리고 커튼을 걷었다.

그런데 이게 어찌 된 일인가! 벽의 담쟁이덩굴에는 아직 한 장의 잎이 남아 있는 게 아닌가! 밤새도록 바람이 불고 비가 내렸는데도 말이다.

그것은 담쟁이의 마지막 잎새였다. 땅 위로 *20피트5쯤 되는 높이의 가지에 매달린 잎새는 아직 진한 초록빛이었고, 가장자리만이 모진 세월을 건너 그 생명이 끝나가는 듯 누렇게 바래 있었다.

"저게 마지막 잎새야."

존시가 중얼거렸다.

"지난밤에 틀림없이 떨어질 줄 알았어. 바람 소리를 들었거든. 오늘은 떨어질 거야. 그러면 동시에 나도 세상에서 떨어지겠지."

"그러지 마, 존시."

수가 지친 얼굴을 베개에 묻으면서 말했다.

"네 처지를 생각해. 그게 싫거든 내 입장이라도 좀 생각해 줘. 도대체 내가 어떻게 하면 좋겠니?"

존시는 대답하지 않았다. 가지로부터 떨어져 나가는 잎새처럼,

존시는 세상에서 가장 멀고 신비하고 고독한 여행을 떠나고 싶어 하는 것 같았다.

저녁이 되었다. 담쟁이덩굴에 외로이 남은 마지막 잎새는, 여전히 떨어지지 않고 줄기에 매달려 있었다.

밤이 찾아왔다. 북풍이 다시 사납게 휘몰아치기 시작했다. 비가 거세게 창문을 두들기며 나직한 네덜란드 풍의 처마 밑으로 떨어져 내렸다.

다음 날이 밝았다. 잠에서 깬 존시가 어두운 목소리로 말했다.

"부탁이야, 커튼을 걷어 줘."

수는 주저했다. 창밖을 보기가 두려웠다. 그러나 거절할 수 없었다. 잠시 후, 그녀는 창가로 다가가 머뭇머뭇 커튼을 걷었다.

창 밖, 담쟁이 잎은 여전히 그 자리에 있었다! 병상에 드러누운 존시는 한참 동안 그것을 바라보았다. 넋이 나간 얼굴로 말이다.

가스 스토브 쪽으로 돌아간 수는 그 위에 끓고 있는 닭고기 수
_{가스 난로}
프를 휘저었다. 그러면서 존시 쪽을 쳐다보았다. 존시는 멍하니 창 밖 담벼락을 바라보고 있었다. 그러다가 나직이 입을 열었다.

"난 참 한심한 애였어, 수."

존시는 말을 이었다.

"내가 얼마나 멍청하고 못된 애인지, 그걸 알려 주려고 마지막 잎새가 아직 저기 남아 있는 모양이야. 죽고 싶어 하다니, 삶을 포기하려 하다니……. 그건 죄악이야. 내가 어리석었어. 수, 갑자기

---

5 1피트는 약 30.48cm에 해당한다. 20피트는 약 6m이다.

배가 고파. 나 그 수프 좀 갖다 줘. 포도주 섞은 우유도 부탁할 게. 아니 참, 손거울 먼저 갖다 줄래? 그리고 내 등에 베개 몇 개만 받쳐 줘. 앉아서 네가 요리하는 모습을 보고 싶어."

식사를 하는 존시의 얼굴은 새로운 의욕으로 넘쳐났다. 그 모습을, 수는 흐뭇하게 바라보았다. 존시는 다시 말했다.

"수, 내가 언젠가 말했지?"

"뭘?"

"나폴리 말야. 난 있잖아, 언젠가 나폴리 만을 그려 볼 생각이야, 꼭."

오후에 의사가 찾아왔다. 진찰을 마친 의사와 수가 병실 밖에서 대화를 나누었다.

"회복될 가능성은 이제 80퍼센트 정도로 높아졌습니다."

의사는 수의 야윈 손을 잡고 말했다.

"훌륭한 일입니다. 간호만 잘해 주면, 이제 아가씨가 병을 이기게 될 겁니다. 부디 그렇게 되길 빕니다."

"감사합니다."

"……자, 나는 또 다른 환자를 보러 가야겠어요. 아래층의 노인 혹시 아세요? 베어먼이라고 하던데."

"어마나, 베어먼 할아버지가……."

"그분도 급성 폐렴에 걸린 모양이더군요."

"정말요?"

"예."

"나을 수 있겠죠?"

베어멘 노인은 존시에게 희망을 주는 생애 최고의 걸작을 담벼락에 남기고 떠났다.

"아뇨. 늙고 허약한데다 급성이라서 가망이 없어요. 뭐, 병원으로 옮기면 편안하게 눈을 감기는 하겠죠."

다음 날, 의사가 다시 존시를 찾아왔다.

"이제 위기는 넘겼어요. 보호자 분의 승리입니다. 이제 영양가 있는 음식과 간호만 있으면 정상으로 회복될 겁니다."

그 날 오후, 병상에 앉은 존시는 파란색의 어깨걸이를 짜고 있었다. 건강과 평온을 어느 정도 되찾은 얼굴이었다. 수는 존시의 어깨를 다정하게 끌어안았다.

"존시, 너한테 할 얘기가 있어."

"뭔데?"

"베어먼 할아버지 있잖아, 오늘 병원에서 폐렴으로 돌아가셨어. 겨우 이틀을 앓고 그렇게 됐대."

"세상에!"

"그저께 늦은 밤 관리인 아저씨가 우연히 아래층에 가 봤는데, 할아버지가 몹시 괴로워 하고 계시더라는 거야. 신발과 옷이 흠뻑 젖어서 얼음처럼 차가웠대. 그렇게 춥고 비 오는 날 밤에 도대체 어딜 갔다 오셨는지 아무도 짐작하지 못했지."

"……."

"그러다가 불이 켜져 있는 램프, 사다리, 초록색과 노란색 물감이 섞여 있는 팔레트를 발견한 거야."

"사다리?"

"존시, 창밖을 봐. 저기 벽에 붙어 있는 마지막 잎새 좀 보라고."

존시는 창밖을 바라보았다. 수가 나직하게 속삭였다.

"뭔가 이상하지 않니? 바람이 부는데도 흔들리기는커녕 미동
도 하지 않잖아. 아아, 존시. 저건 베어먼 할아버지가 남긴 걸작이
야. 마지막 잎새가 떨어진 날 밤, 할아버지가 너를 위해 저 자리에
잎새를 그려 놓으신 거야!"

오 헨리 1862~1910

미국의 소설가. 본명은 시드니 포터
(W. Sidney Porter). 결혼 후 은행에 취
직하여 근무하던 중 공금횡령죄로 구속 수
감되었다. 수감 생활을 하면서 본격적으로 문학 작품을 쓰기 시
작했는데, 그는 그가 겪었던 가난에 지친 인간들의 모습을 그의
작품 속에 섬세하게 그려 놓았다. 오 헨리라는 필명을 쓴 것은 딸
에게 자기가 옥살이를 한 사실을 알리지 않기 위해서였다고 한
다. 대표작으로 「마지막 잎새」가 있다.

1 이 소설에서 등장인물 '수'는 베어먼이 그린 담쟁이 잎을 보면서 걸작
이라고 말합니다. 그렇게 말한 까닭을 말해 보세요.

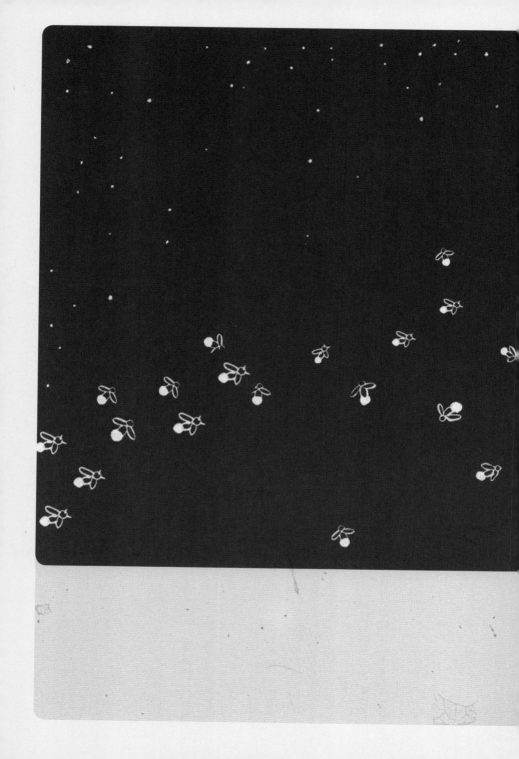

기 드 모파상

목걸이

감상의 길잡이

소설 「목걸이」는 모파상의 대표 작품으로 허영심과 어리석은 욕망이 어떤 결과를 초래하는지 알려 주는 작품이다. 이 작품의 주인공인 로와젤 부인은 허영심이 많아서 평범하게 살면서도 항상 부유하고 화려한 것을 꿈꾼다. 그러다가 어느 연회에 초대 되어 포레스티에 부인에게 다이아 목걸이를 빌린다. 그러나 연회에서 돌아오는 도중 목걸이를 잃어 버리게 되고, 그로 인해 로와젤 부인은 목걸이를 다시 사서 돌려주고, 그 후로 10년 동안 손도 대지 않던 부엌일부터 허드렛일까지 모든 걸 다하면서 가난하게 살게 된다. 10년 후 로와젤 부인은 산책하다가 포레스티에 부인을 만나는데 10년 전 잃어버린 목걸이가 가짜였음을 듣게 된다.

이 작품의 주제는 허영심과 어리석은 욕망이 불러온 비극이다. 이 글에서 로와젤 부인은 하급 관리를 남편으로 두었으면서도 허영에 찬 어리석은 생각만 해 왔다. 그 때문에 빌린 목걸이로 인해 어이없는 결과를 불러오게 된 것이다. 결말 부분에서 포레스티에 부인이 그 목걸이는 500프랑밖에 하지 않는 가짜라고 말하는 순간 이 글의 주제가 선명하게 드러난다.

겉으로 볼 때 「목걸이」의 내용과 주제는 위와 같다. 그러나 우리는 같은 내용을 이렇게도 볼 수 있지 않을까? 곧 허영심으로 똘 똘 뭉친 것 같이 보이는 로와젤 부인은 막상 목걸이를 잃게 되자 그것이 결코 가짜라는 의심을 하지 않는다. 수준 높은 책임감이 발동하여 그녀는 책임을 지고 10년 세월을 견뎌 그 대가를 정직하게 치른다. 허영심보다 강렬한 도덕적 자존심이 그녀에게 있었던 것이다. 이렇게 본다면 주제는 달라질 수 있다. 가난하고, 허영심 많은 중하류층 여성에게도 인간 최고의 책임감과 도덕적 자존심이 내재해 있다는 것이다. 실제로 소설 속에서 부자 친구인 포레스티에 부인은 어떤가? 부자들은 싸구려 가짜 보석으로 몸치장하기에만 바빴지, 친구의 어려움을 돌아볼 생각은 전혀 하지 않고 있다.

모파상은 프랑스 사회 부자들의 위선적인 모습에 대하여 이의를 제기하고, 인간의 •빈부귀천이 신분이나 재산 직업에 있지 않다는 것을 이 작품을 통해 말하고 싶었는지도 모른다.

• 빈부귀천 가난함과 부유함, 귀함과 천함을 아울러 이르는 말.

아름답고 매력적인 마틸드가 가난한 사무원의 딸로 태어난 것은 운명이라고밖에 말할 수 없었다. 그녀에게는 °지참금¹이 없었을 뿐만 아니라 그것을 기대하지도 않았고, 남들에게 이름이나 얼굴이 알려질 수 있는 길도 없었으며, 돈이 많고 훌륭한 남자를 만나 결혼을 하리라는 따위는 꿈도 꿀 수가 없었다. 그녀는 결국 문부성에 근무하는 하급 관리와 결혼하게 되었다.

화려하게 몸치장을 할 만한 여유도 없었으므로 늘 차림이 소박했다. 그러나 이런 처지에 있는 여자들이 다 마찬가지지만, 그녀는 결코 그런 환경에 만족을 느낄 수 없었다. 여자란 신분이나 가문이 문제가 아니라 우아하고 아름답고 매력만 있으면 얼마든지 훌륭한 혈통과 가문을 대신하게 마련이니까. 겉으로 드러나는 모습이 아름답고 천성이 우아하고 마음씨가 부드러우면 그것으로 능히 특권 계급이 될 수 있는 것이다. 따라서 평민의 딸이라 할지라도 얼마든지 귀족의 딸들과 어깨를 겨룰 수 있는 것이다.

그녀는 자기야말로 이 세상에서 온갖 쾌락과 사치를 즐기기 위해 태어난 사람이라고 생각하고 있었으므로 언제나 마음이 언짢았다. 집이 초라하고 벽이 남루하며 낡은 의자와 때 묻은 가구를 볼 때마다 그녀는 마음이 괴로웠다.

이러한 것들을 같은 처지에 있는 다른 여자들 같으면 별로 의식하지 않았을 터이지만 그녀만은 마음이 아프고 화가 났다. 그리하여 식모 노릇을 하고 있는 부르따뉴 태생의 계집애를 보고만 있어도 서글픈 생각과 미칠 듯한 몽상이 머릿속에 떠올랐다.

그녀는 동양식 장식이 걸리고 높은 청동 촛대에 촛불이 휘황하며 짧은 바지를 걸친 두 하인이 활활 타오르는 난로의 후끈한 열기에 졸음이 와서 긴 의자에 기대어 자고 있는 비단으로 장식한 넓은 *살롱² 을 상상해 보았다. 값지고 진귀한 보석들이 달려있는 아름다운 가구하며, 뭇 여성들의 선망을 받고 있는 사교계의 인기 있는 남성들과 친한 친구들이 모여 저녁 한때의 이야기를 즐기도록 마련한 향취 높고 아담한 방을 상상해 보는 것이었다.

저녁 식사 때 벌써 사흘째나 빨지 않은 테이블보를 깔아 놓은 둥근 식탁에 앉자, 마주 앉은 남편이 수프 뚜껑을 열고,

"아, 훌륭한 수프로군, 나에겐 난생 처음인걸……."

하고 기뻐하는 소리를 듣자, 그녀는 다시금 호화로운 만찬의

---

1 신부가 시집갈 때에 친정에서 가지고 가는 돈.
2 서양풍의 객실이나 응접실.

광경을 머릿속에 그려 보았다. 번쩍이는 은그릇들, 숲 속에 나오
는 기이한 새들과 고대의 인물들을 그려 놓은 벽화, 눈부신 그릇
에 담긴 산해진미, 붉은 빛깔의 생선이나 들꿩의 고기를 뜯으면
서 스핑크스와 같은 미소를 띠고 *정담³을 나누는 남녀들의 모습
이 그녀의 눈앞에 아른거렸다.

그녀에게는 이렇다 할 옷도 보석도 없었다. 그런데 그녀가 가
장 사랑한 것은 옷과 보석이었다. 자기는 그런 것들을 위해 세상
에 태어난 사람이라고 생각하고 있었다. 그토록 그녀는 인생을
즐기고 싶었다. 모든 남성들의 인기를 독차지하고 사랑을 받고
싶었다.

그녀에게는 부유한 친구가 한 사람 있었다. 수도원 학교 시절
의 동창이었다. 그녀는 그 친구를 찾아 가고 싶지가 않았다. 그녀
는 그 친구를 만나는 것이 몹시 마음 아픈 일이었다. 그 친구를 만
나고 집에 돌아오면, 그녀는 으레 며칠 동안 슬픔과 후회와 절망
과 비관으로 종일 울곤 하였다.

어느 날 저녁, 남편이 사뭇 자랑스러운 얼굴로 손에 커다란 봉
투를 한 장 들고 들어왔다.

"이거 당신에게로 온 거요."

남편이 말하였다.

그녀는 얼른 봉투를 뜯고 그 속에서 카드 한 장을 꺼내었다. 거
기에는 이런 말이 적혀 있었다.

'문부성 장관 조르주 랑포노 부처는 1월 18일 월요일 저녁에 장관 관저에서 °야회4를 개최하오니 루아젤 부처께서는 참석해 주시기를 바랍니다.'

남편은 자기 아내가 기뻐서 어쩔 줄 몰라 할거라고 생각하였으나 아내는 조금도 기뻐하지 않을뿐더러, 그 초청장을 심술궂게 테이블 위에 내던지며 중얼거렸다.

"이걸 날더러 어떻게 하라는 거에요?"

"아니, 여보. 난 당신이 기뻐서 어쩔 줄을 모르리라고 생각하였는데 그게 무슨 말이오. 당신은 별로 외출도 못 하였으니 좋은 기회가 아니오? 이것을 얻느라고 얼마나 애썼는지 알아요? 직원들이 저마다 얻으려고 해서 무척이나 힘들었소. 아무튼 그 날 가면 정부의 고관들을 다 볼 수 있을 거요"

그녀는 남편을 노려보더니 이윽고 참을 수 없다는 듯이 쏘아붙였다.

"대관절 몸에 무엇을 걸치고 가라는 거예요?"

남편은 거기까지는 미처 생각지 못하였다. 그리하여 그는 이렇게 중얼거렸다.

"아니, 거 극장에 갈 때 입었던 옷 있지 않소? 내 눈에는 그 옷이 퍽 좋아 보이던데."

그는 더 말을 잇지 못하였다. 아내가 울고 있었던 것이다. 두

---

3 정답게 주고받는 이야기.
4 밤에 여는 모임. 특히 서양풍의 사교회합을 말한다.

방울의 커다란 눈물이 눈가에서 입 끝으로 서서히 흘러내리고 있었다.

"왜 그래? 글쎄, 왜 그러는 거야?"

남편의 말에 그녀는 간신히 슬픔을 가라앉히고 나서 젖은 두 볼을 닦으며 조용히 대답했다.

"아녜요, 아무것도 아녜요. 단지 입고 갈 옷이 없어서 그래요. 난 야회에 안 갈 거예요. 그 초대장은 다른 친구에게 주어 버리세요! 나보다 좋은 옷을 가진 아내가 있는 사람에게 말이에요."

남편은 실망하였다. 그는 이렇게 말하였다.

"이것 봐 마틸드! 멋있는 옷 한 벌 맞추는 데 얼마나 해? 다른 나들이 때도 입을 수 있고 그다지 비싸지 않은 옷 말이야."

그녀는 잠시 생각하여 보았다.

'얼마라고 해야 검소한 공무원 생활을 하는 자기 남편이 기절하지 않고 놀라서 소리도 지르지 않을까.'

하고 값을 따져 보았다.

이윽고 그녀는 주저주저 하면서 말하였다.

"확실히 알 수는 없지만 500*프랑⁵쯤 있으면 될 거에요."

남편은 얼굴빛이 약간 해쓱해졌다.

종달새

그는 꼭 그만한 돈을 예금해 두었지만 그 돈으로 총을 사서 이번 여름에 낭테르 벌판으로 사냥을 가려던 참이었다. 일요일마다 그 곳에 가서 종달새 사냥을 하는 몇몇 친구들과 어울릴 심산이었다.

그러나 그는 이렇게 대답하였다.

"그래, 내 500프랑을 줄 테니 좋은 옷을 맞추도록 해."

무도회 날짜는 점점 다가왔다. 루아젤 부인은 근심과 슬픔에 싸여 있었다. 옷은 거의 다 되어 가고 있었다. 남편은 어느 날 저녁에 이렇게 물었다.

"왜 그래? 당신 요새 며칠 동안 아주 얼빠진 사람 같구려."

그녀는 대답하였다.

"나는 보석도 ˚패물⁶도 아무것도 몸에 붙일 게 없으니, 이렇게 딱할 데가 어디 있어요. 내 모양이 얼마나 꼴불견이겠어요. 차라리 그 야회에는 나가지 않는 것이 좋겠어요."

그러자 남편이 말하였다.

"꽃을 달고 가구려. 요즘은 그것이 아주 멋있어 보이더군. 10프랑만 주면 아름다운 장미꽃 두세 송이는 살 수 있을 거야."

그녀는 고개를 옆으로 저었다.

"싫어요! 돈 많은 여자들 틈에 끼여서 가난하게 보이는 것처럼 창피한 일이 어디 있어요."

그러나 남편은 큰 소리로 말했다.

"참 당신도 딱하구려! 아 당신 친구 포레스티에 부인 있지 않소. 그 여자한테 찾아 가서 보석을 좀 빌려 달라고 하구려. 그만한

---

5 프랑스, 스위스, 벨기에의 화폐 단위.
6 사람의 몸치장으로 차는, 귀금속 따위로 만든 장식물.

부탁 못 들어줄 사이가 아닐 테니까."

"참 그렇군요! 그 생각을 미처 못 했군요."

이튿날 그녀는 친구의 집을 찾아가서 딱한 사정을 이야기하였다. 포레스티에 부인은 거울이 달린 의자 앞에 가서 커다란 보석 상자를 들고 와서 열어 보이며 루아젤 부인에게 말하였다.

"자, 골라봐."

그녀는 우선 몇 개의 팔찌를 골라 보았다. 다음에는 진주 목걸이를, 그 다음에는 베니스제의 십자가를 골랐다. 그 십자가는 금과 진주로 되어 있었는데 솜씨가 놀라웠다. 그녀는 거울 앞에 서서 보석을 이것저것 몸에 걸어 보면서 망설일 뿐, 어떤 것을 놓고 어떤 것을 빌려가야 할지 마음을 정하지 못하고 번번이 이렇게 말하는 것이었다.

"또 뭐 없어?"

"왜 없어. 가서 골라 봐. 어느 것이 마음에 들지 나는 알 수 없으니까."

그러자 까만 *공단[7] 상자 속에 눈부신 다이아몬드 목걸이가 들어 있는 것이 눈에 띄었다. 그녀는 그것이 어찌나 탐이 났던지 가슴이 뛰기 시작했다. 그것을 쳐들자 손이 떨려왔다. 그녀는 그 목걸이를 목에 걸고 아름다운 자기 모습에 도취되어 있었다.

그녀는 간신히 입을 떼어 이렇게 말하였다.

"이걸 좀 빌려 줘. 다른 건 필요 없어."

---

7 두껍고, 무늬는 없지만 윤기가 도는 비단. 고급 비단에 속한다.

화려한 삶을 꿈꾸던 마틸드의 욕심이 오히려 그녀에게는 독이 되었다.

"그렇게 해."

그녀는 친구의 목을 얼싸안고 뜨거운 포옹을 하였다. 이어서 목걸이를 들고 황급히 집으로 돌아왔다.

드디어 무도회 날 저녁이 돌아왔다. 루아젤 부인은 크게 인기를 끌었다. 그녀는 어느 여자보다도 아름답고 우아하고 맵시가 있었으며, 언제나 미소를 머금고 기쁨에 넘쳐 있었다. 모든 남자들이 그녀를 바라보고 이름을 부르며 소개를 받으려고 하였다. 비서관들은 저마다 그녀와 춤을 추고 싶어 했다. 이윽고 장관도 그녀를 유심히 바라보았다.

그녀는 도취된 기분으로 춤을 추었다. 자기의 미모가 가져온 승리와 성공을 이룩한 영광, 온갖 찬사와 감탄 소생하는 정욕과 여성들에게도 한없이 달콤하고 완전무결한 최고의 승리로 이루어진 행복의 구름 속에서 기쁨에 도취되어 모든 것을 잊고 있었다.

그녀는 이튿날 새벽 네 시쯤 되어서야 야회에서 나왔다. 남편은 자정 경부터 조그마한 응접실에서 세 사람의 친구들과 함께 졸고 있었다. 그 동안에 그들의 부인은 저마다 마음껏 쾌락에 도취되어 있었다.

남편은 돌아올 때를 생각하여 가져온 평소의 허름한 웃옷을 아내의 어깨에 걸쳐 주었다. 그 초라한 모습은 아무래도 야회복과는 어울리지 않았다. 그녀도 그것을 느끼고, 값진 털옷으로 몸을 단장한 다른 여자들의 눈에 띄지 않도록 몸을 피하였다.

루아젤은 아내를 불러 세웠다.

"잠깐만 기다려. 이대로 밖에 나가면 감기들 테니까. 내가 나가서 마차를 한대 불러 올게."

그러나 아내는 남편의 말은 전혀 듣지 않고 날쌘 걸음으로 층계를 총총히 내려갔다. 두 사람은 낙심하여 달달 떨면서 센강 쪽으로 내려갔다. 그 때 마침 강변에서 밤에나 돌아다니는 낡은 마차 한 대를 발견했다. 낮에는 빠리에서 차마 그 초라한 꼴을 보이기가 창피하다는 듯이 밤에만 벌이를 하는 그런 마차였다.

센강(Seine江) 프랑스 북부를 흐르는 강.

두 내외는 그 마차를 타고 마르티르 거리에 있는 집 문 앞에 다다랐다. 그들은 쓸쓸한 마음으로 발을 옮겨 층계를 올라갔다. 그녀에게는 모든 것이 끝나버린 것이다. 그리고 남편은 아침 열시까지는 문부성에 출근해야 한다는 생각을 하고 있었다.

그녀는 다시 한 번 자기의 화려한 모습을 보기 위해 거울 앞에 가서 어깨 위에 걸친 웃옷을 벗었다. 그런데 그녀는 갑자기 비명을 질렀다. 목에 걸었던 목걸이가 보이지 않았던 것이다.

옷을 벗고 있던 남편이 엉거주춤하며 물었다.

"왜 그래?"

그녀는 남편을 향해 얼빠진 듯한 어조로 대답하였다.

"저…… 저…… 포레스티에 부인의 목걸이가 없어졌어요."

남편은 실성한 사람처럼 벌떡 일어났다.

"아니 뭐라고…… 그럴 리가 있나!"

그들은 옷 갈피와 외투 갈피 그리고 주머니 속 등을 온통 뒤져보았으나 목걸이는 아무데서도 눈에 띄지 않았다.

남편이 물었다.

"무도회에서 나올 때 분명히 갖고 있었나?"

"그럼요. 장관 댁 현관에서 만져 보기까지 한 걸요."

"그러나 만일 *한길8에서 떨어뜨렸다면 소리가 났을 텐데. 그러고 보니 마차 속에서 잃어버린 것이 분명하군."

"그런 것 같아요. 당신 그 마차 번호를 아세요?"

"몰라. 당신도 마차 번호를 잘 보아 두지 않았지?"

그들은 낙심하여 서로 마주 쳐다볼 뿐이었다. 이윽고 루아젤은 옷을 다시 입기 시작하였다.

"혹시 찾을지 모르니 돌아온 길을 다시 가 봐야지."

그는 밖으로 나갔다. 그녀는 야회복을 벗을 생각도 잠자리에 들 기력도 없었다. 그리하여 불도 피우지 않고 아무 생각도 없이 의자에 멍하니 앉아 있을 뿐이었다.

7시쯤 되어 남편이 돌아왔다. 아무것도 눈에 띄지 않았던 것이다.

그는 경찰국과 신문사로 달려가 *현상9을 걸고 광고도 내었다. 그리고 조그마한 마차를 부리는 회사를 온통 찾아보고, 조금이라도 가망이 있어 보이는 곳은 모조리 찾아다녔다.

아내는 이 끔찍스러운 재난 앞에서 넋을 잃고 종일 남편을 기다리고 있었다.

루아젤은 저녁때가 되어서야 눈이 푹 꺼진 창백한 얼굴을 하고 돌아왔다. 그는 아무것도 발견하지 못하였다.

"당신 친구에게 편지라도 써야 할까 봐. 목걸이의 고리가 부서

져서 수선을 하는 중이라고. 그렇게 하면 다시 사방으로 찾아다 닐 시간 여유를 얻을 수 있을 테니까."

아내는 남편이 부르는 대로 받아썼다.

일 주일이 지나자 그들은 모든 희망을 잃고 말았다.

그리고 이 며칠 동안 5년이나 더 늙어 보이는 루아젤이 말했다.

"어떻게 해서든지 그 보석을 돌려 줘야지."

다음 날 두 내외는 빈 상자를 들고 그 안에 적힌 상호의 보석 상점을 찾아갔다. 상점 주인은 여러 권의 장부를 뒤적거리더니 이렇게 말하였다.

"부인, 그 목걸이는 저희 집에서 사 간 것이 아니올시다. 저희는 다만 상자만 제공했나 봅니다."

두 사람은 잃은 것과 꼭 같은 보석을 구하기 위해 그 기억을 더듬어 가면서 보석상마다 찾아다녔다. 두 내외는 비탄에 젖어 환자처럼 보였다.

이윽고 이 부부는 팔레 루아이얄의 어느 보석상에서 그들이 찾고 있던 것과 똑같아 보이는 다이아몬드 목걸이를 찾아내었다. 값은 4만 프랑이었으나 3만 6천 프랑이면 팔겠다고 하였다.

그들은 사흘 안으로 살 테니 다른 사람에게 팔지 말아 달라고 통사정을 하였다. 그리고 만일 3월 말까지 잃어버린 목걸이를 다시 찾으면, 상점에서 3만 4천 프랑으로 도로 사준다는 조건으로

---

8 사람이나 차가 많이 다니는 넓은 길.

9 무엇을 찾는 일에 현금이나 물품 따위를 내걺.

계약을 하였다.

루아젤에게는 아버지에게서 물려받은 1만 8천 프랑의 재산이 있었다. 나머지 돈은 빚을 얻을 수밖에 없었다.

그는 이 사람에게서 1000프랑, 저 사람에게서 500프랑, 여기서 5루이 저기서 3루이 하여 닥치는 대로 돈을 꾸었다. *차용증서10를 쓰고, 재산을 몽땅 잡히고 고리 대금은 물론 모든 대금업자와 거래를 했다.

그는 그 돈을 마련하기 위해 전 생애를 담보하다시피 하였으며, 갚을 수 있을는지 알 수 없지만, 아무튼 서약서에 마구 도장을 눌렀다. 그는 앞으로 닥칠 불행에 대한 걱정, 머지않아 찾아올 비참하기 짝이 없는 어두운 그림자, 앞으로 겪어야 할 모든 물질적인 궁핍과 정신적인 고통에 대한 두려움으로 온몸을 떨며, 새 목걸이를 사기 위해 보석상에 가서 계산대 위에 3만 6천 프랑을 내놓았다.

루아젤 부인은 그 목걸이를 사들고 곧 포레스티에 부인을 찾아갔다.

부인은 퉁명스러운 어조로 이렇게 말하였다.

"좀 일찍 갖다 줘야지. 내게도 쓸 일이 생길지 모르지 않아."

포레스티에 부인은 상자를 열어 보지도 않았다. 루아젤 부인은 친구가 그 상자를 열어 볼까 봐 은근히 걱정이 되었다. 만일 친구가 물건이 바뀐 줄 알면 어떻게 생각하였을까? 무어라고 했을까? 자기를 도둑으로 여기기 않았을까?

루아젤 부인은 가난한 생활이 얼마나 괴로운가를 알고 있었다. 그러나 그녀는 곧 비장한 결심을 하였다. 우선 저 끔찍한 빚부터 갚아야 하는 것이다. 그녀는 꼭 갚을 심산이었다. 식모를 내보냈다. 집도 바꾸어 지붕 밑 다락방으로 세를 얻어 들었다.

그녀는 집안 일이 얼마나 힘이 들고 부엌 치다꺼리가 얼마나 귀찮은지 몸소 체험하여 잘 알고 있었다. 그녀는 기름기가 묻은 그릇과 냄비 속을 닦느라고 분홍빛 손톱이 다 닳았다. 더러운 옷이나 내복, 걸레 등속을 빨아서 줄에 널었다. 아침마다 쓰레기를 담아 들고 거리까지 나갔다. 층계에서 숨을 돌리며 물을 길어 올렸다. 하류 계급의 아낙네들과 다름없는 차림을 하고, 바구니를 팔에 끼고 야채 가게와 식료품 상점과 고깃간을 드나들며 값을 깎다가 욕을 먹기도 하면서 돈 한 푼을 아꼈다.

두 내외는 달마다 지불할 것은 꼬박꼬박 이행하고, 경우에 따라서는 차용증서를 고쳐 쓰고 연기하였다.

남편은 저녁마다 어느 상인의 장부를 정리하는 부업을 맡았다. 그리고 때로는 한 페이지에 5수우의 보수를 받고 사본을 만들어 주기도 하였다.

이러한 생활이 10년 동안이나 계속되었다.

10년이 지나서야 모든 빚을 정리할 수 있었다. 고리 대금의 이자와 묵은 이자의 이자까지 다 갚게 되었다. 루아젤 부인은 무척 늙어 보였다. 그녀는 억세고 완강하고 거칠고 가난한 살림꾼 아

---

10 남의 돈이나 물건을 빌린 것을 증명하는 문서.

낙네가 되어 버렸던 것이다. 머리는 빗질을 하지 않아 텁수룩하고, 치마는 구겨지고, 빨개진 손으로 마룻바닥을 훔치고, 커다란 목소리로 떠들어 대었다. 그러나 가끔 남편이 출근하고 나면, 창가에 걸터앉아서 지난날의 야회 그토록 아름다워 총애를 받던 야회를 회상해 보았다.

그 목걸이만 잃어버리지 않았던들 어떻게 되었을까? 누가 알수 있으랴. 알 수 없지! 인생이란 무척 기이하고 허망한 거야! 대수롭지 않은 일이 파멸을 가져 오기도 하고 구원을 해 주기도 하고!

그러던 어느 일요일이었다. 그녀는 한 주일 동안의 피로를 풀려고 샹젤리제 거리로 산책을 갔다가 우연히 어린 아이를 데리고 산책을 하는 포레스티에 부인을 만났다. 부인은 여전히 젊고 아름다운 매력을 간직하고 있었다.

루아젤 부인은 가슴이 두근거렸다. 가서 그 동안의 경위를 이야기할까? 그렇지! 이미 빚을 다 갚았겠다. 이야기 못 할 게 뭐람?

그녀는 가까이 다가갔다.

"잔느 아냐? 이게 얼마만이야!"

포레스티에 부인은 그녀를 미처 알아보지 못하였다. 이런 비천한 여자가 자기를 그토록 정답게 부르는 것이 적이 놀라웠다.

"누구야? 나는 잘 모르겠는데…… 사람을 잘못 보지 않았어요?"

"어머! 나 마틸드 루아젤이야."

친구는 크게 외쳤다.

"뭐, 마틸드…… 아이 가엾어라! 그런데 왜 이렇게 변했어!"

"그동안 고생 많이 했어. 우리가 마지막 헤어진 후로 고생살이가 이만저만이 아니었어. 그것도 다 너 때문이지 뭐야……."

"나 때문이라니, 그게 무슨 소리야!"

"왜 생각나지 않아? 저 문부성 장관의 야회에 가려고 내가 빌려 갔던 다이아몬드 목걸이 말이야."

"응, 그래서?"

"그걸 잃어버렸지 뭐야."

"뭐? 아니 내게 고스란히 돌려주지 않았어?"

"그렇지만 그건 품질은 같지만 다른 목걸이야. 그 목걸이 값을 갚느라고 10년이나 걸렸지 뭐야……. 인제 다 해결되었어. 얼마나 마음이 후련한지 몰라."

포레스티 부인은 발길을 멈추고 서 있었다.

"그래? 내 것 대신에 다른 다이아몬드 목걸이를 사왔단 말이야!"

"그럼, 여태껏 그걸 몰랐구나. 하긴 똑같은 것이니까."

그녀는 약간 으스대는 듯한 순박한 웃음을 지어 보였다.

포레스티에 부인은 크게 감동되어 친구의 두 손을 꼭 쥐었다.

"아이 가엾어라, 마틸드! 내 것은 가짜였어. 기껏해야 500프랑밖에 되지 않는."

작가파일

기 드 모파상 1850~1893

프랑스의 소설가. 노르망디의 미로메 닐 출생. 12세 때 부모가 별거하자, 어머니 밑에서 문학적 감화를 받으면서 성장하였다. 그는 플로베르, 에밀 졸라 등과 사귀면서 날카로운 인간 관찰과 짜임새 있는 작품을 썼다. 대표작 『여자의 일생』은 플로베르의 『보바리 부인』과 더불어 프랑스 사실주의 문학이 낳은 걸작으로 평가된다.

1 이 소설의 줄거리를 요약해 보세요.

2 이 소설에서 소설 구성의 반전(이야기의 흐름이 뒤바뀜)이 일어나면서 주제가 선명히 드러나는 부분을 찾아 써 보세요.

니콜라이 고골리

외투

감상의 길잡이

　고골리의 「외투」는 도스토예프스키가 "19세기 러시아의 모든 문학은 고골리의 「외투」에서 나왔다."라고 격찬했던 작품이다. 고골리의 작품은 서정적 경향과 현실, 특히 농노제와 관료주의 부패에 대한 비판을 담고 있는데, 특히 「외투」는 그의 작품 중에서도 관료주의를 가장 신랄하게 비판한 작품이다.

　페테르부르크의 한 말단 관리인 아카키 아카키예비치는 요령이 없고 처세술이 부족한 인물이다. 그는 관청에서 서류를 정서하는 일로 삶의 즐거움을 삼는다. 그는 외투가 너무 낡아 새로 장만하려고 하는데 외투가 너무 비싸 극도로 절약한 후에 새 외투를 장만한다. 그런데 관청 부과장의 저녁 식사 대접을 받고 돌아오는 길에 불량배들에게 외투를 강탈당한다. 그는 절망하여 외투를 찾아 달라고 경찰서장과 유력한 인사를 찾아가지만 오히려 호통만 당하고, 그 충격으로 그는 죽고 만다.

　예리한 현실 묘사와 비판으로 고골리는 독자에게 웃음을 불러일으키지만, 동시에 눈물을 맺게 하는 작가이다. 그런 특징이 나타난 것은 그가 따뜻한 휴머니즘의 정신을 잃지 않기 때문이다. 그의 이러한 작가 정신은 그 뒤를 이은 작가들에게 적지 않은 영향을 미쳤다. 고골리의 영향은 러시아의 후배 작가들에게만이 아니라, 우리나라의 작가들에게도 상당히 폭넓게 미쳤다.

개인의 성실한 삶과 그에게 냉담과 조소를 보내는 세태를 풍자
한 이 작품을 통해 우리는 그 당시 러시아 사회의 부패한 관료주
의를 엿볼 수 있다.

• 도스토예프스키 러시아의 소설가. 러시아 문학의 최고 거장 가운
데 한 명으로 불리며, 20세기 소설에 지대한 영향을 끼쳤다. 그는 신
흥 자본주의 압박 밑에서 신음하는 소시민층의 대변자인 동시에 열
렬한 슬라브주의자였다. 그의 작품은 비단 문학의 영역에서뿐만 아
니라, 철학·종교·사회 문제 등 각 방면에 걸쳐 커다란 영향을 끼
쳤다. 대표작으로는 『죄와 벌』, 『카라마조프의 형제들』 등이 있다.

어느 관청에 아니, 어느 관청인지는 밝히지 않는 편이 나을 것 같다. 어느 부처, 어느 연대, 어느 지청을 막론하고 한 마디로 관리란 족속들처럼 화를 잘 내는 친구들도 없으니까 말이다. 요즘 세상에선 누구나 자기 한 개인이 느끼는 모욕을 마치 사회 전체 구성원에 대한 모욕으로 오해하는 경향이 있다.

바로 얼마 전에도, 무슨 도시인지 이름은 잊었지만, 하여튼 어느 도시의 경찰서장이 상부에 진정서를 제출한 적이 있었다. 그는 그 진정서에서 오늘 날 국가의 법률 질서가 땅에 떨어지고 있으며, 자기의 신성한 직함마저도 번번이 모욕당하고 있다는 사실을 °명쾌¹하게 기록했다고 한다.

그는 자기의 주장이 사실이라는 것을 입증하기 위해 방대한 분량의 장편소설 하나를 참조 문서라는 이름으로 그 진정서에 첨부해 함께 제출했다. 그리고 그 장편소설에는 거의 10페이지

마다 경찰서장이라는 인물이 등장하는데, 그 인물을 곤드레만드레 술에 만취한 모습으로 묘사하는 대목도 몇 군데나 있다는 주장이었다.

그래서 되도록 이런 불쾌한 일이 생기는 것을 피하려면 여기서 화제에 오른 관청도 그 이름을 특정하지 않고 그저 아무개 관청이라는 식으로 애매하게 부르는 게 무난할 것으로 보인다. 아무튼 아무개 관청에 아무개 관리 한 사람이 근무하고 있었다. 이 관리는 남보다 뛰어난 점이라곤 눈을 씻고 찾아봐도 찾을 수 없는 그런 사내였다.

작달만한 키에 약간 얽은 얼굴, 머리털은 붉은 빛이 감돌고 눈은 근시처럼 생겼다. 이마는 약간 벗어졌고 두 볼은 주름투성이다. 안색은 마치 치질 환자를 연상시킨다. 하지만 어쩔 수 없는 일 아닌가. 그저 페테르부르크*의 고르지 못한 날씨를 탓할 수밖에 없는 노릇이다.

페테르부르크 러시아 서북부, 발트 해 연안에 있는 도시.

그의 직급은(뭐니뭐니해도 러시아에서는 사람의 직급부터 밝혀둘 필요가 있다.) 이른바 만년 구등관(九等官)이었다. 뭐라고 반격할 만한 능력도 없는 사람들을 사정없이 짓밟기를 좋아하는 습성을 가진 글쟁이들이 특히 좋아하는 게 바로 이들 구등관들이다. 이 글쟁이들이 이들 구등관들을 마음껏 조소하고 풍자하기를 좋아한다는 건 이미 널리 알려진 사실이다.

---

1 말이나 글 따위의 내용이 명백하여 시원하다.

이 구등관의 성은 바쉬마 치킨이었다. 원래 이 성이 °바쉬마크 2에서 나왔을 것이라는 건 누가 봐도 분명하지만, 언제 어느 시대에 무슨 이유로 하필이면 바쉬마크란 단어에서 사람의 성을 만들어냈을까 하는 그 연유는 누구도 알 길이 없다. 아버지나 할아버지, 심지어 처남까지도 바쉬마 치킨네 집안사람들은 모두 장화를 신고 다녔다. 신창을 갈아치운다고 해야 기껏 1년에 두세 번 정도였다.

그의 이름은 아카키 아카키예비치였다. 독자들에게는 이 이름이 무척 기묘하게 들릴지도 모른다. 마치 뭔가 다른 의도가 있어 일부러 지은 이름이라고 생각할 수도 있다. 그러나 이 이름은 결코 일부러 의도를 갖고 지은 이름은 아니다. 다만 이 이름 외에 다른 이름을 붙여줄 수가 없는 자연스럽고도 특별한 사정이 있었을 뿐이다. 그 사정이란 다음과 같다.

기억이 틀리지 않는다면, 아카키 아카키예비치는 3월 23일 밤에 태어났다. 이미 고인이 된 그의 어머니는 더할 나위 없이 마음씨가 고운 여인으로, 관리의 아내였다. 그 여인은 정해진 절차에 따라 갓난아기에게 세례식을 베풀어 주기로 했다. 산모는 아직 방문 맞은편 침대에 누워 있었다.

산모의 오른쪽에는 아이의 대부(代父)가 될 이반 이바노비치 에로쉬낀이라는 훌륭한 어른이 서 있었다. 전에 원로원에서 과장으로 일한 적도 있는 분이었다. 왼쪽에는 대모(代母)가 될 아리나 쎄묘노브나 벨로브류쉬꼬바라는 천하에 보기 드문 정숙한 부인이 자리잡고 있었다. 이 여성은 지구 경찰서장의 부인이었다.

이들은 산모에게 갓난아기의 이름으로 '목끼'나 '소씨' 아니면 순교자 '호즈다자쁘', 이렇게 세 가지 가운데 아무거나 마음에 드는 걸 고르라고 했다.

'틀렸어! 무슨 이름이 모두 그따위람!'

아이의 어머니는 생각했다.

그래서 그녀를 만족시켜 주기 위해 달력의 다른 곳을 들춰 보았다. 그래서 이번에도 이름 세 개를 골라냈다. '쯔리필리', '두르다' 그리고 '바라하씨'가 그것이었다.

"하나님 맙소사! 이 무슨 끔찍한 이름들이람."

이미 중년 고개를 넘긴 아이 어머니는 자기도 모르게 이런 말을 입 밖에 내뱉어 버렸다.

"어째서 그렇게 괴상한 이름만 튀어나올까요? 생전 단 한 번도 들어본 적이 없는 이름들 뿐이군요. '바르다쁘'나 '바루흐'라면 몰라도 '쯔리필리'니 '바라하씨'니 하는 이름을 도대체 어떻게……"

그래서 다시 달력을 또 한 장 넘겼더니 이번에는 '빱시까히'와 '바흐찌시'가 나타났다.

"알겠어요, 할 수 없군."

아이 어머니는 말했다.

"이것도 아마 이 애의 팔자인 모양이군요. 그따위 이름을 붙이느니 차라리 이 애 아버지 이름을 그대로 따서 붙여 주는 것이 차

---

2 러시아 어로 '구두'라는 뜻.

라리 낫겠어요. 아버지 이름이 아카키니까 이 애도 아카키라고 부르도록 하죠."

그래서 아카키 아카키예비치라는 이름이 생겨난 것이다.

갓난아기는 세례를 받을 때 얼굴을 잔뜩 찌푸리면서 울어 댔다. 아마 나중에 기껏 구등관이나 되리라는 걸 그때부터 예감했는지도 모른다. 이 관리 이름의 유래는 바로 이상과 같다. 내가 왜 이런 얘기를 하느냐 하면, 앞에서 이미 언급한 것과 같은 부득이한 사정으로 인해 이 사나이에게 다른 이름을 붙인다는 게 애초부터 전혀 불가능했다는 것을 독자들이 잘 납득해 줬으면 하는 바람에서인 것이다.

그가 언제 어떻게 관청에 들어가게 됐는지를 기억하는 사람은 아무도 없다. 그동안 국장이나 과장들이 수없이 많이 갈렸지만, 그는 언제나 같은 자리 같은 등급인 서기라는 직책을 맡고 있었다. 그래서 나중에는 다들 그가 마치 어머니 뱃속에서부터 머리가 벗겨지고 관리 제복을 입은 채 태어나기라도 한 것처럼 느끼게 되었다.

그가 일하는 관청에서는 어느 누구도 그를 존중하지 않았다. 수위들조차도 그가 앞을 지나가도 자리에서 일어나려 하지 않았다. 마치 파리 한 마리가 날아가는 것을 보는 듯한 태도로 그를 거들떠보지도 않았다. 더구나 상관들은 말할 것도 없이 그에게 위압적이고 전제적인 태도를 보였다.

부과장이라는 자는 아예 한 마디 말도 없이 그의 코앞에 다짜고짜 서류를 불쑥 들이밀곤 했다. 이거 정서 좀 해 줄래요? 랄지,

이거 꽤 재미있는 일감인 것 같은데, 같은 의례적인 표현조차 아카키 아카키예비치에게는 하지 않는 것이었다.

아카키 아카키예비치는 또 그대로 일을 맡기는 사람이 누구인지 그 사람에게 그런 일을 시킬 권리가 있는지 따위에는 아예 관심도 기울이지 않고, 자기 코앞에 내민 서류를 힐끔 보고는 그냥 받아서 즉석에서 그것을 정서하기 시작했다.

젊은 관리들은 이른바 공무원 식 위트를 최대한으로 발휘하여 그를 풍자하고 놀리기에 바빴다. 그들은 전혀 근거도 없는 얘기를 만들어 그 앞에서 떠들어대곤 했다. 그의 하숙집 주인은 나이가 70이 넘은 할망구였다.

젊은 관리들은 이걸 빌미로 아카키 아카키예비치가 노상 그 할망구에게 얻어맞고 지낸다느니, 결혼식은 언제 올릴 계획이냐느니 하고 짓궂게 묻곤 했다. 그러다가 심지어 종잇조각을 잘게 찢어서 눈이 내린다며 그의 머리 위에 뿌리기도 했다.

그러나 아카키 아카키예비치는 이런 짓궂은 장난에 대해 한마디도 대꾸하지 않았다. 마치 그런 일들이 자기 눈에는 전혀 보이지 않는다는 듯 한 태도였다. 그리고 사실 그가 일을 하는 데도 그러한 장난은 별로 방해가 되지 못했다. 사람들이 그렇게 심하게 장난을 걸고 조롱해도 그는 서류에 글자 하나 틀리게 쓰는 법이 없었던 것이다.

다만 장난이 도를 지나쳐 사람들이 그의 팔꿈치를 툭툭 건드리면서 일을 방해할 정도가 되면 그도 더 이상 참지 못하고 이렇게 중얼거리곤 했다.

"나를 좀 내버려 두시오. 왜 이렇게 사람을 못살게 구는 거요!"

이렇게 말하는 그의 음성과 말투에는 사람의 동정심을 이끌어 내는 그 무언가가 있었다. 그래서 어느 땐가 그 관청에 새로 임명 돼 왔던 어떤 청년 관리도 다른 친구들과 함께 그를 놀려대다가 갑자기 무엇에 찔리기라도 한 것처럼 마음을 바꿔 장난을 그만둔 일이 있었다. 그리고 그때부터 이 청년의 눈에는 모든 사물이 갑자기 변했다. 초자연적인 힘이라고 말할 수 있는 어떤 것이 그를 여태까지 교제해 왔던 사람들과 완전히 격리시켰던 것이다. 그 전까지 그 청년은 그 사람들을 예의 바르고 사교적인 사람들이라 고 생각하고 있었다.

그 청년은 그 후 오랫동안, 더할 나위 없이 유쾌한 시간을 보내 곤 하다가도 갑자기 그 이마가 벗겨지고 키가 작달막한 어떤 관 리의 모습을 떠올렸던 것이다. 그 모습과 함께 '나를 좀 내버려 두 시오. 왜 이렇게 사람을 못살게 구는 거요!'하는, 사람의 폐부를 찌르는 듯한 애처로운 말소리가 문득 머리속에 떠오르곤 했다.

이 애처로운 말 속에는 "나도 당신의 형제 아닙니까?" 하는, 또 다른 의미가 숨어 있는 느낌이었다. 그럴 때면 이 가엾은 청년은 자기도 모르게 손으로 얼굴을 가려 버리곤 했다. 그리고 그 후 평 생을 통해 이 청년은 인간의 내면에는 얼마나 비인간적인 요소가 많이 숨겨져 있는가를 눈앞에 보고 몇 번씩이나 무서운 전율을 느끼지 않을 수 없었다.

거기에는 교양이 많고 세련된 상류 사회의 사람들, 심지어 고 결하고 성실한 사람이라는 세상의 평가를 받고 있는 사람들도 예외가 아니었다. 그런 사람들의 내면에도 그런 잔인하기 짝이 없는, 거대한 야수성이 자리잡고 있는 모습을 그는 지켜보았던 것이다.

그건 그렇다 치고 과연 아카키 아카키예비치만큼 자기 직무에 충실한 사람이 얼마나 있을까? 자기 직무에 충실하다는 표현만으로는 사실 부족했다. 그는 자기가 맡은 업무에 진정으로 애착을 갖고 있었던 것이다.

그는 공문서를 정서하는 하찮은 일에서도 나름대로 다채롭고 즐거운 세계를 발견하고 있었다. 그는 언제나 즐거운 표정을 짓고 있었다. 그는 글자 가운데 몇몇 글자를 특히 좋아해서 서류에서 그 글자가 나오기만 하면 금방 얼굴에 희색이 가득해졌다. 그리곤 눈을 찡긋하며 입술까지 씰룩거렸기 때문에 그의 얼굴만 봐도 지금 그의 펜이 무슨 글자를 쓰고 있는지 얼마든지 알아맞힐 수 있을 정도였다.

만약 그의 열성에 맞추어서 관청이 포상을 했다면, 아마 그는 틀림없이 지금쯤 오등관은 되어 있을 것이다. 물론 스스로는 깜짝 놀라 이해할 수 없겠지만 말이다. 그러나 그렇게 오랜 기간 동안 그가 열성적으로 근무한 결과 그가 얻은 것은 주위의 짓궂은 동료들의 말마따나 관리 제복의 단추와 엉덩이의 치질 외에는 아무 것도 없었다.

하기야 그 오랜 세월 동안 그에게 관심을 보인 사람이 전혀 없었다고는 할 수 없었다. 어느 마음씨 착한 국장 한 사람이 그에게 평범한 공문서 정서가 아닌, 보다 중요한 일을 맡기려고 명령한 적이 있었다. 그 국장은 그의 장기간 근속을 표창하려는 의도를 갖고 있었던 것이다.

그에게 새로 맡겨진 일은, 이미 작성된 서류를 기초로 다른 관청에 보낼 보고서를 만드는 것이었다. 새로운 일이라고 해 봐야 별다른 것은 아니었다. 그저 서류 제목을 새로 붙이고, 몇 군데 동사를 일인칭에서 삼인칭으로 바꾸는 정도에 불과했다. 그러나 아카키 아카키예비치에게는 이것이 여간 어려운 일이 아니었던 모양이다.

그는 새로운 일을 맡아 연방 땀을 뻘뻘 흘리면서 계속 손수건으로 이마를 닦았다. 그러더니 마침내 비명을 지르며 하소연했다.

"이 일은 도저히 못하겠습니다. 저는 역시 서류 정서를 하는 것이 훨씬 더 편합니다."

그때부터 그는 영원히 정서 업무를 하게 되었다. 그에게는 정서하는 일 외에는 이 세상에 아무 것도 존재하지 않는 것처럼 느껴졌다. 그는 옷차림 따위에는 전혀 신경을 쓰지 않았다. 원래 초록색이었던 제복은 이제 붉은 빛이 감도는 누런 옷감으로 변해버리고 말았다.

그는 원래 목이 그다지 긴 편도 아니건만, 옷깃이 워낙 좁고 낮아서 마치 목이 위로 쑥 빠져나와 있는 것처럼 보였다. 마치 러시아에 와 있는 외국인들이 몇 십 개씩 머리에 이고 다니며 파는, 석고로 만든 고양이 새끼처럼 목이 유난히 길어 보였던 것이다. 그뿐만이 아니었다. 그의 제복에는 언제나 마른 풀잎이나 실오라기 같은 게 붙어 있었다. 게다가 그는 또 아주 특수한 재능을 하나 갖고 있었다. 길을 걸을 때 사람들이 창문으로 쓰레기를 버리는 바로 그 순간에 기가 막히게 그 창문 밑을 지나가는 그런 재능 말이다. 그래서 그의 모자에는 언제 보아도 수박이며 참외 껍질 따위가 얹혀져 있었다.

그는 날마다 길거리에서 벌어지곤 하는 일, 사람들이 하는 일에 대해서는 일생 동안 단 한 번도 관심을 가져 본 적이 없었다. 누구나 잘 알다시피, 눈치가 빠르고 머리 회전이 빠른 젊은 관리들은 그런 일에 항상 관심을 기울이는 법이다. 그래서 길 건너편 보행 도로를 걷는 사람의 허리띠가 헐거워 바지가 좀 느슨하게 쳐진 것까지도 재빨리 발견해서는 연방 킥킥거리며 웃지 않던가.

그러나 아카키 아카키예비치로 말하자면 설사 눈으로 뭔가 보고 있다 하더라도 진짜 보는 것이 아니었다. 그저 거기에서 또박또박 단정하게 쓴 자신의 필적을 발견할 뿐이었다.

가끔 느닷없이 자기 어깨 너머로 말 대가리가 하나 튀어나와 얼굴에다 콧김을 훅 불어댄다거나 하는 일이 생겨야, 그는 비로소 자기가 지금 관청의 서류 더미 속에 파묻혀 있는 것이 아니고, 길 한가운데 서 있다는 사실을 깨닫곤 했다.

집에 돌아오면 그는 곧 식탁에 덤벼들어 굶주린 사람처럼 수프를 훌훌 마시고 맛 따위야 가리지 않고 고기와 양파를 삼키곤 했다. 파리가 붙어 있건 말건 상관없이 식탁에 있는 것이면 무조건 목구멍으로 쑤셔 넣었다. 그렇게 해서 배가 부르다는 느낌이 들면 그는 식탁에서 일어나 잉크병을 꺼내 집에 들고 온 서류를 정서하기 시작했다.

처리해야 할 서류가 없을 때에는 취미 삼아 자기가 보관해 둘 문서의 사본을 만들곤 했다. 문체가 아름답다거나 하는 것보다, 어떤 새로운 인물이나 아주 높은 위치에 있는 사람에게 가는 서류라는 점에서 주목할 가치가 있을 경우 그는 반드시 복사해 두는 것을 원칙으로 삼고 있었다.

페테르부르크의 잿빛 하늘이 완전히 어두워지고 나면 관리들은 자기 봉급과 취향에 따라 저녁 식사를 배불리 먹고 비로소 여가를 즐기게 된다. 관청에서 사각사각 종이 위를 미끌어져 가는 펜촉 소리, 자기 자신과 다른 사람의 일 또는 필요 이상 자진해서 떠맡게 되는 온갖 용무 등에서 벗어나 이제 모두 다리를 쭉 뻗고 쉬게 되는 것이다.

이럴 때 기운이 넘치는 사람은 여가를 즐기려고 극장으로 달려가고, 어떤 사람들은 길거리를 지나는 여자들의 모자 구경을 하려고 외출하며, 또 어떤 사람은 보잘 것 없는 관리 사회의 스타라고 할 수 있는 예쁜 처녀에게 알랑대기 위해 저녁 파티 장소를 찾곤 했다.

그러나 대부분 사람들은 만찬이나 나들이 따위는 단념했다. 그 대신 아파트 3층이나 4층쯤에 자리 잡은 친구들 집에 놀러 갔다. 그런 집에서는 대개 돈을 아껴서 간신히 사들인 램프나 기타 물건으로 유행에 맞춰 애쓴 흔적이 엿보였다. 실내는 대개 조그마한 방 두 개와 부엌 현관이 있을 뿐이었다.

대부분의 관리들은 이런 집 안의 좁은 방에 흩어져서 트럼프 놀이를 하거나 싸구려 과자 조각에 홍차를 홀짝거리거나 파이프 담배를 피우기도 한다. 카드를 돌리는 동안에는 상류 사회의 온갖 소문들을 화제에 올리는 것이다. 이런 상류 사회의 소문이야말로 러시아 사람이라면 어떤 환경에서도 인연을 끊지 못하는 그런 화제였다.

그런 화제조차 없을 때에는 어느 경비 사령관에게 보고가 들어왔는데, 팔코네가 만든 동상의 말 꼬리가 떨어져 나갔다는 둥 케케묵은 에피소드라도 재탕 삼탕으로 우려먹게 된다. 한마디로 말해서 페테르부르크에 사는 모든 관리, 모든 사람들이 나름대로 즐거움을 찾아 헤매는 그런 시간에도 아카키 아카키예비치는 어떤 오락에도 결코 끼어들지 않았다. 어쩌다 우연으로라도 그를 어떤 야회 석상에서 보았다는 소문조차도 들려오지 않았다.

마음이 흐뭇해지도록 정서를 하고 나면 그는 내일도 하느님께서 내게 또 무슨 일거리를 주시려니 생각하고, 미리부터 내일 일을 머릿속에 그려보며 미소를 지었다. 그렇게 그는 잠자리에 드는 것이다. 연봉 4백 °루블[3]의 초라한 자기 운명에 만족할 줄 아는 이 인간은 그렇게 평화로운 생활을 보냈다.

만약 인생행로 여기저기에 덫처럼 자리잡고 있는 불행만 없었다면 그의 이런 생활은 늙어 죽을 때까지 계속됐을지도 모른다. 그러나 이러한 불행은 꼭 구등관이 아니더라도 삼등관이나 사등

---

3 러시아의 화폐 단위.

관, 칠등관 등을 가리지 않고 모든 관등의 인간들에게도 빠지지 않고 찾아들기 마련이다. 심지어 누구에게 충고를 하지도 않고, 자기 스스로도 다른 사람에게 충고를 구하려고 하지도 않는 그런 인간들에게도 이런 불행은 예외 없이 찾아오게 된다.

페테르부르크에서 기껏 연봉 4백 루블 정도로 생활하는 모든 인간에게는 공통적으로 무서운 적이 하나 있다. 그것은 다름 아닌 북쪽 지방 특유의 지독한 추위였다. 물론 이 추위가 건강에 이롭다는 주장도 없는 것은 아니었지만.

아침 여덟 시쯤이면 관청에 출근하는 관리들이 도시의 거리를 가득 메우게 된다. 그런데 이 무렵이면 혹독한 추위가 이 사람 저 사람 가리지 않고 어찌나 매섭게 몰아닥치는지, 가엾은 우리 관리 나리들은 어디다 코를 두어야 할지도 모르고 쩔쩔매는 것이다. 지위가 높은 양반들조차 추위에 머리가 띵할 지경이고 눈에 눈물이 글썽해지는 판이니 가엾은 구등관 따위는 그야말로 속수무책일 수밖에 없다.

오직 한 가지 방법이란, 초라한 외투로나마 몸을 단단하게 감싸고 될 수 있는 대로 발걸음을 빨리 해서 대여섯 개의 골목을 얼른 지나 관청 수위실로 뛰어드는 것이다. 그리고 나서 발을 동동 구르고 몸을 녹여, 오는 도중 추위에 꽁꽁 얼어붙은 사무 능력이나 재주가 제자리에 돌아오도록 노력하는 수밖에 없는 것이다.

아카키 아카키예비치 역시 그러한 거리를 될 수 있으면 빨리 뛰어서 지나가려고 애썼다. 그러나 언제부턴가 등과 어깨가 유난히 뼈에 사무칠 정도로 추워서 견딜 수 없을 지경이었다. 그는 마침내 자신의 외투가 뭔가 잘못되었는지도 모른다고 생각했다.

집에 와서 그는 외투를 찬찬히 살펴보았다. 그는 자기의 외투 등과 어깨 두서너 군데가 마치 모기장처럼 얇아진 것을 발견했다. 나사천이 닳을 대로 닳아 훤히 비칠 지경이었고, 안감도 갈기갈기 해진 상태였다.

여기서 아카키 아카키예비치의 외투 역시 동료 관리들의 놀림감이 되어 있었다. 사실 그것은 이미 '외투'라는 고상한 명칭을 상실하고, '싸개'라는 해괴망측한 이름으로 불리고 있었다. 말이야 바른 말이지 사실 그 외투는 겉모양부터가 무척이나 야릇했다.

우선 외투 깃이 해가 갈수록 작아지고 있었다. 다름이 아니라 외투 깃을 잘라 다른 해진 데를 기워 입기 때문이었다. 외투를 깁는 재봉사의 솜씨도 그리 신통하지 못한 터라 외투는 이제 흡사 보릿자루 마냥 볼썽사나운 꼬락서니였다.

외투를 살펴보고 나서 사태가 어떻게 되었는지를 대충 짐작한 아카키 아카키예비치는 외투를 페트로비치에게 가져가야 하겠다고 생각했다. 페트로비치는 뒷계단으로 해서 올라가는 어느 4층 집 한 구석에 살고 있는 재봉사였다. 이 친구는 애꾸눈에다 곰보였다. 그래도 말단 관리나 그 밖의 별 볼일 없는 사람들의 윗도리와 바지 등을 고쳐 주는 솜씨가 좋아 그런대로 쓸모가 있었다.

　물론 이것은 그가 술이 취해 있지 않을 경우의 이야기였다. 또 그가 다른 돈벌이에 정신이 팔려 있지 않아야 했다. 하긴 이따위 재봉사 이야기를 여기서 이렇게 길게 늘어놓을 필요는 없을 것이다. 하지만 소설에서 어떤 인물이 등장할 경우 그 인물의 성격을 완전히 묘사해야 한다는 것이 정설처럼 되어 있어서, 부득이하게 여기에 페트로비치를 좀더 자세히 소개하도록 하겠다.

　원래 그의 이름은 그리고리였다. 다시 말해서 그는 어느 지주 귀족의 °농노⁴ 신분이었던 것이다. 그러던 그가 페트로비치라고 불리게 된 것은 농노 해방 증서를 받고, 자유의 몸이 된 뒤 축제 때마다 술을 진탕 마시면서부터였다.

　그래도 처음에는 큰 축제 때에만 술을 마셨지만 얼마 지나지 않아 달력에 십자가 표시가 되어 있는 날이면 단 하루도 빼놓지 않고 곤드레만드레 취하게 마셨다. 이 점에서 그는 자기 조상들의 °전승⁵에 무척 충실하다고 할 수 있겠다.

　마누라와 다툴 때에도 그는 더러운 계집년이라는 둥, 독일 계집년이라는 둥 상스러운 욕을 내뱉곤 했다. 이왕 페트로비치의 마누라 얘기가 나온 김에 이 여자에 대해서도 두서너 마디 덧붙일 필요가 있을 것 같다. 그러나 유감스럽게도 이 마누라에 대해서는 거의 알려진 것이 없었다.

　그저 페트로비치에게는 마누라가 있다는 것, 그 마누라는 머릿수건 대신 모자를 쓰고 다닌다는 사실이 고작이다. 어쨌든 이 여자의 용모는 그다지 내세울 만한 것이 못되는 모양이다. 그 여자의 옆을 지나칠 때 콧수염을 쫑긋거리고 요상한 소리를 내면서 그 모자 아래 얼굴을 힐끗거리는 것은 기껏해야 말단 근위병 따위였다니 말이다.

페트로비치가 사는 곳으로 가는 뒤 계단은 온통 구정물 투성이었다(물론 이것은 나름대로 깨끗하게 한답시고 걸레질을 한 것이다.). 게다가 페테르부르크의 아파트 뒷 계단들이 으레 그렇듯이 두 눈이 아릴 정도로 지독한 알코올 냄새를 풍기고 있었다. 뭐 이런 사실이야 누구나 다 알고 있는 것이지만.

아카키 아카키예비치는 이 계단을 걸어 올라가며 페트로비치가 외투를 고치는 삯으로 얼마나 달라고 할지 벌써부터 걱정이 됐다. 그는 마음속으로 2루블 이상을 절대 내지 않겠다고 작정했다. 문은 열려 있었다. 그럴 수밖에 없는 것이 페트로비치의 마누라가 무슨 생선 따위를 굽는 모양이어서 부엌에 문자 그대로 박쥐 새끼조차 날아다니기 힘들 정도로 온통 연기가 가득 차 있던 것이다.

아카키 아카키예비치는 주인마누라가 보지 못하는 틈을 타서 잽싸게 부엌을 통과해 작업 방으로 들어갔다. 마침 페트로비치는 나무로 만든 커다란 작업대 위에 앉아 있었다. 마치 터키 총독 마냥 책상다리를 한 자세였다. 재봉사들이 일을 할 때는 대개 그렇지만, 지금 페트로비치도 맨발이었다.

---

4 중세 봉건 사회에서, 봉건 영주에게 예속된 농민.
5 문화, 풍속, 제도 따위를 이어받아 계승함.

타래 동그랗게 포개어 감은 실의 뭉치.

제일 먼저 아카키 아카키예비치의 눈에 띈 것은 이미 눈에 익은 페트로비치의 엄지발가락이었다. 그 발톱은 모양이 비뚤어진데다 마치 거북 등처럼 두껍고 딴딴하게 보였다. 페트로비치는 명주실과 무명실 타래를 목에 걸고 헌옷을 무릎 위에 펼쳐 놓고 있었다. 그는 벌써 3분 가량이나 바늘에 실을 꿰려고 하다가 방이 어둡고 실이 말을 듣지 않는다며 잔뜩 골을 내고 투덜거리는 참이었다.

"제기랄, 지독하게도 애를 먹이는군. 성미가 못된 계집년처럼 말이야!"

아카키 아카키예비치는 하필 페트로비치의 기분이 언짢을 때 찾아온 것이 마음에 좀 걸렸다. 사실 일을 맡기기에는 페트로비치가 이미 거나하게 취해 있거나 또는 그 마누라의 표현을 빌려 '애꾸눈이 싸구려 보드카에 퐁당 빠져 있을 때'가 좋았다. 그런 상태일 때는 페트로비치는 옷 고치는 삯을 선선히 양보할 뿐만 아니라 일을 맡겨 고맙다는 인사를 하는 일도 있었다.

물론 그럴 경우 나중에 페트로비치의 마누라가 찾아와서 자기 남편이 술김에 그런 헐값으로 일을 맡았다고 우는 소리를 하는 것이 일쑤지만, 그럴 경우에도 10코페이카 동전 한 닢이면 만사가 수월하게 해결되곤 했다.

그러나 오늘처럼 페트로비치의 정신이 맹숭맹숭할 때면 흥정하기가 무척 까다로워진다. 도대체 삯을 얼마나 달라고 할지도 짐작하기가 어렵다. 아카키 아카키예비치 역시 이런 정황을 재빨리 눈치채고 얼른 뒤돌아서려고 했다. 그러나 이미 때는 늦었다. 페트로비치가 하나밖에 없는 눈을 가늘게 뜨면서 이쪽을 쳐다보고야 만 것이다. 그 바람에 아카키 아카키예비치는 자기도 모르게 그에게 말을 걸고 말았다.

"요즘 어떤가, 페트로비치!"

"어서 오십쇼, 나리!"

페트로비치는 이렇게 대꾸하며 아카키 아카키예비치의 손을 곁눈질로 살폈다. 무슨 돈벌이 일감을 가져왔는지 보는 것이다.

"뭐, 대단한 건 아니고 말이야, 오늘 온 것은 페트로비치, 그러니까 말이지."

참고삼아서 말해 두지만, 아카키 아카키예비치는 뭔가를 설명해야 할 경우 전치사와 부사, 심지어는 아무 의미도 없는 전치사까지 이것저것 동원해 늘어놓는 버릇이 있었다. 그것이 까다로운 일일 경우에는 말끝을 제대로 마무리하지 못하는 일도 많았다.

"그건 분명히, 전혀, 그러니까, 에, 또, 뭐랄까…….''

이런 식으로 말을 해놓고는 그 다음 말은 전혀 꺼내지도 않는 것이었다. 그래 놓고서도 자기 딴에는 해야 할 이야기를 다한 것으로 생각하는지 그냥 입을 다물어버리는 일도 종종 있었다.

"도대체 무슨 일로 오신 건데요?"

페트로비치는 이렇게 말하면서 또 한편 하나밖에 없는 눈으로 아카키 아카키예비치의 제복을 옷깃에서부터 소맷자락, 어깨, 옷자락, 단추 구멍에 이르기까지 죽 훑어보았다. 하긴 이 옷은 페트로비치의 손으로 만든 것이어서 너무나 눈에 익었다. 그러나 일단 손님을 봤다 하면 그렇게 죽 살피는 것이 재봉사들의 몸에 밴 직업적인 습관인 것이다.

"그게, 다름이 아니고, 페트로비치…… 내 외투가 좀…… 아니 그러니까, 겉의 옷감은…… 이렇게 다른 데는 다 멀쩡한데 말이지…… 먼지가 좀 앉아서 겉으로는 고물처럼 보이지만, 아직 새 옷이나 마찬가지인데…… 그저 한두 군데가 좀…… 아니 등과 어깨 부분이 좀 낡고, 이쪽 어깨가 좀…… 알겠나? 요컨대 그것뿐이란 말일세…… 다른 데야 뭐 손볼 데가 있겠나?"

페트로비치는 '싸개'라고 불리는 그의 외투를 받아서, 우선 작업대 위에 펼쳐 놓았다. 그러고 나서 한참 동안 이리저리 살펴보더니, 고개를 설레설레 흔들면서 손을 뻗어 창틀에서 동그란 담배통을 집었다. 그 담배통에는 어떤 장군의 초상화가 그려져 있었으나, 얼굴이 있어야 할 자리에 손가락 구멍이 뚫려 그 구멍을 네모난 종이로 메워 놓고 있었다. 그래서 그 초상화의 주인공이 누구인지는 알 수 없었다.

페트로비치는 코담배를 한 번 들이마시고 나서 다시 두 손으로 외투를 집어 들어 밝은 빛에다 찬찬히 비춰 보았다. 그리고는 다시 고개를 저었다. 그리고 또 다시 장군 초상화에 종잇조각이 붙은 담배통 뚜껑을 열고 담배를 콧구멍에 집어넣었다. 그는 담배통 뚜껑을 닫고 통을 치우더니 마침내 입을 열었다.

"안 되겠는데요. 이건 고칠 수가 없습니다. 외투가 너무 낡았어요."

아카키 아카키예비치는 이 말을 듣고 가슴이 덜컥 내려앉는 것 같았다.

"아니, 도대체 왜 안 된다는 건가? 응, 페트로비치?"

마치 어린애가 뭔가 애원하는 것 같은 목소리로 아카키 아카키예비치는 말했다.

"어깨 있는 쪽이 좀 해진 것뿐인데…… 자네한테 괜찮은 헝겊이 있을 것 아닌가?"

"뭐 헝겊이야 찾으면 나오겠죠."

페트로비치는 말했다.

"하지만 헝겊이 있으면 뭐합니까? 대고 기울 수가 있어야죠. 하도 천이 낡아서 바늘로 건드리기만 해도 금방 찢어지고 말 텐데요."

"찢어져도 상관없다네. 거기에 또 다른 천을 붙이면 되니까 말이야."

"다른 천을 어떻게 붙입니까? 바닥 천이 워낙 형편없어서 바늘을 꽂을래야 꽂을 수가 없어요. 거 듣기 좋은 말로 나사지, 이게 어디 천입니까? 바람만 좀 세게 불어도 갈기갈기 찢어져버릴 것 같은뎁쇼."

"그러지 말고, 어쨌든 이걸 손을 좀 봐주게나. 이건 그래도…… 거 뭐랄까!"

"도저히 안 됩니다!"

페트로비치는 이렇게 딱 잘라 말했다.

"바닥 천이 워낙 낡아서, 어떻게 해 볼 수가 없다구요. 그러느니 차라리 이걸 잘라서 °각반[6]이라도 만드시는 편이 훨씬 나으실 겁니다요. 이제 겨울이 되고 날씨가 점점 추워질 것 아닙니까. 양말 갖고는 아무래도 발이 시릴 테니까요.

하긴 그 각반이라는 물건이 독일 놈들이 돈을 긁어모으려고 재주를 부린 것이긴 합니다만.(페트로비치는 기회 있을 때마다 독일 사람들을 욕하고 비웃기를 즐겼다.) 그 대신 어쨌든 외투는 아무래도 새로 하나 장만하셔야 할 겁니다요."

'새 외투'라는 말을 듣자 아카키 아카키예비치는 눈앞이 캄캄해지는 것 같았다. 방안에 있는 물건들이 모두 뒤엉켜 범벅이 되는 느낌이었다. 단지 담배통 뚜껑에 그려진, 얼굴에 종잇조각이 붙은 장군의 모습만이 뚜렷하게 보였다.

"새로 하나 장만하다니, 도대체 무슨 수로?"

여전히 꿈속을 헤매는 듯한 기분으로 그는 말했다.

"내게 그만한 돈이 도대체 어디 있다고?"

"어쨌든 새 것을 하나 장만하셔야 합니다."

페트로비치는 잔인하게 느껴질 만큼 태연한 말투였다.

"그렇지만, 가령 말일세. 새로 하나 맞춘다고 하면, 도대체 그게 말일세, 그러니까 그게, 뭐랄까."

"돈 말씀이세요?"

"그렇지."

"글쎄요…… 아무래도 150루블은 있어야 할 거고, 거기에 °가 윗돈[7]도 좀 들어가겠습죠."

페트로비치는 이렇게 말하고 나서 의미심장하게 입술을 굳게 다물어 버렸다. 그는 극적인 효과를 무척 좋아했던 것이다. 갑자기 느닷없는 말을 내뱉어 상대방을 당황하게 만들고 나서 곁눈으로 상대방이 자기의 말에 대해 어떤 표정을 짓는지 힐끔힐끔 살피기를 즐기는 것이다.

"뭐, 외투 한 벌에 150루블이라고?"

가엾은 아카키 아카키예비치는 큰 소리로 외쳤다. 그건 아마 그가 태어난 이후 가장 큰 목소리였는지도 모른다. 언제나 낮은 목소리로 얘기하는 게 그의 특징이었으니까 말이다.

"그렇습죠."

페트로비치는 말했다.

"그보다 더 비싼 외투도 얼마든지 있지요. 깃에다가 담비 가죽을 대고, 모자 안쪽을 비단으로 대면 적어도 200루블은 먹힐걸요."

"페트로비치, 제발 나 좀 봐주게."

아카키 아카키예비치는 페트로비치가 말하는 새 외투의 효과 따위는 귀에 들어오지도 않고, 굳이 듣고 싶지도 않다는 듯 애원하는 목소리로 말했다.

"어떻게 좀 이걸 손을 좀 봐주게나. 얼마 동안만이라도 더 입고 다닐 수 있게 말이야."

---

6 걸음을 걸을 때 발목 부분을 가뜬하게 하기 위하여 발목에서부터 무릎 아래까지 돌려 감거나 싸는 띠.
7 정해진 기준이나 정도를 넘어서는 돈.

"아니, 소용없는 일이에요. 공연히 헛수고만 하고 돈만 날릴 뿐이라굽쇼."

페트로비치는 말했다. 아카키 아카키예비치는 이 말을 듣고 완전히 풀이 죽어서 밖으로 나왔다. 그러나 페트로비치는 손님이 돌아간 뒤에도 뭔가 의미심장한 표정으로 입술을 단호하게 다문 채 일거리에도 손을 대지 않고 그 자리에 오랫동안 가만히 앉아 있었다. 재봉사의 기술을 값싸게 팔아넘기지 않고, 자신의 권위를 손상시키지 않은 것이 그의 마음에 무척 흐뭇하게 느껴졌던 것이다.

아카키 아카키예비치는 한길에 나와서도 뭔가 나쁜 꿈이라도 꾸고 있는 듯한 느낌이었다.

'큰일났군.'

그는 혼자 중얼거렸다.

'정말 이런 일이 생길 줄이야 꿈엔들 생각이나 했겠어?'

그리고 조금 있다가 그는 다시 중얼거렸다.

'결국 결과가 이렇게 되고야 말았어. 하지만 이건 정말 전혀 생각치도 못한 일이란 말이야!'

한동안 침묵을 지키다가 그는 다시 °뇌까렸다⁸.

'음, 그래? 사실이 그렇단 말이지? 하지만 이걸 어떻게 생각이나 할 수가 있담? 정말이야. 정말 이런 변을 당하게 될 줄이야.'

그는 이렇게 중얼거리며 거의 무의식적으로 집과는 완전히 반대 방향으로 걷기 시작했다.

길을 걷는 동안 지나가던 굴뚝 청소부가 그를 들이받아 그는 어깨가 온통 새까매지고 말았다. 한창 짓고 있는 건물 지붕에서는 석회 가루가 쏟아져 내려 그의 머리는 마치 하얀 색 모자를 쓴 꼬락서니가 되어 버렸다. 그러나 그는 이런 것을 전혀 알아차리지 못했다. 얼마를 더 걸어서 어느 경찰관과 부딪혔을 때에야 그는 어느 정도 제 정신으로 돌아올 수 있었다.

그 경찰관은 옆에 총을 세워 놓고 우락부락한 주먹으로 쇠뿔 파이프에서 담뱃재를 털어내고 있는 중이었다.

경찰관은

"어쩌자고 사람 코앞에 불쑥 나타나는 거야, 엉? 도대체 눈은 어디다 뒀길래 인도로 다니지 않는 거야?"

하고 호통을 쳐서 그의 정신을 되돌려놓았다. 경찰관의 말에 그는 비로소 정신을 차리고 주위를 둘러보았다. 그리고 집으로 걸음을 옮겼다.

그때에야 그는 비로소 생각을 가다듬고 자신의 현재 상황을 똑바로 볼 수 있었다. 그래서 이제 밑도 끝도 없이 조각조각 끊기는 그런 단편적인 생각이 아니라, 모든 일을 털어놓고 상의할 수 있는 친구와 얘기하듯이 자신의 상황에 대해 스스로에게 이야기하기 시작했다. 자기 처지에 대해 훨씬 더 조리 있고 분명한 얘기를 할 수 있었던 것이다.

"아냐⋯⋯."

아카키 아카키예비치는 스스로에게 말했다.

---

8 아무렇게나 되는 대로 마구 지껄이다.

"오늘은 페트로비치에게 사정해 봐야 소용이 없을 거야. 그 친구는 오늘, 거 뭐랄까 틀림없이 마누라하고 한바탕 한 모양이니까 말이지. 차라리 일요일 아침에 다시 찾아가는 게 더 낫지 않을까? 토요일 저녁에 한 잔 걸치고 나면 눈이 게슴츠레해지고, 해장술 생각이 간절할 그런 때에 말이야. 해장술을 하고 싶어도 마누라는 돈을 줄 리가 만무하고, 그럴 때 10코페이카쯤 쥐여 주면 그 친구도 훨씬 고분고분해지겠지, 그렇게 되면 내 외투도……."

아카키 아카키예비치는 속으로 이렇게 생각하고 스스로 용기를 북돋우며 일요일까지 기다렸다. 그리고 다음 일요일 아침이 되자 페트로비치의 마누라가 집을 나와 어디론가 가는 걸 멀리서 확인한 다음 곧장 페트로비치를 찾아갔다.

아카키 아카키예비치가 예상했던 대로 페트로비치는 토요일 저녁에 한 잔 걸치고 나서 아직 잠이 덜 깬 모양이었다. 눈이 게슴츠레하고 목을 길게 늘여 빼고 금방이라도 바닥에 드러누울 것 같은 자세였다. 그러나 아카키 아카키예비치가 이렇게 일찍 자기를 찾아온 용건을 듣자마자 금세 태도가 돌변했다. 마치 악마란 놈이 느닷없이 그를 흔들어 깨운 것 같은 모습이었다.

"글쎄 안 된다니까요."

페트로비치는 말했다.

"새로 한 벌 맞추시라굽쇼!"

아카키 아카키예비치는 미리 생각했던 대로 10코페이카짜리 동전 한 닢을 슬쩍 페트로비치 손에 쥐어주었다.

"나리, 감사합니다요! 이걸로는 나리님의 건강을 위해 한 잔 들기로 합죠."

페트로비치는 말했다.

"하지만 외투에 대해서는 더 이상 말씀하시지 마세요. 그 외투
는 이제 아무짝에도 쓸데가 없어요. 제가 아예 새 것으로 한 벌
잘 지어드릴 테니까요. 그럼 이제 외투 얘긴 이걸로 끝난 걸로
하죠."

아카키 아카키예비치는 그래도 여전히 외투를 수선해달라고
고집을 부려 보았다. 그러나 페트로비치는 전혀 그의 말을 들으
려고 하지도 않았다.

"새 것으로 기가 막히게 지어드릴 테니까 절 믿으십쇼. 제가 가
진 기술을 맘껏 발휘하겠습니다요. 모양도 요즘 유행하는 것으로
그럴싸하게 꾸미고, 옷깃도 은으로 도금한 단추를 그럴싸하게 달
테니까요."

이제야 비로소 아카키 아카키예비치는 외투를 새로 맞추는 것
외에는 다른 방법이 전혀 없다는 사실을 분명히 깨닫게 됐다. 그
는 완전히 기가 꺾이고 말았다. 사실 말이지 돈이 어디 있어서 외
투를 새로 맞춘단 말인가? 물론 명절 때가 되면 상여금이 나오기
때문에 그 돈에 기대를 걸 수도 있다. 하지만 이미 오래 전부터 그
돈은 쓸 데가 미리 정해져 있었다.

바지도 새로 사야 하고, 전에 구둣방에서 장화에 가죽 밑창을
댔던 외상값도 갚아야 한다. 그밖에 셔츠 세 벌과 활자로 인쇄하
기에는 쑥스러운 이름의 속옷 따위도 몇 벌 삯바느질하는 여자에
게 맡겨야 할 형편이다. 한 마디로 말해서 상여금은 받는 그 자리

에서 사라지게끔 정해져 있는 것이다.

설혹 국장이 자비를 베풀어 40루블의 상여금을 45루블이나 50 루블로 올려 준다 해도 어차피 그 차이란 보잘 것 없다. 외투를 새로 맞추는 비용으로 쓰기에는 바다에서 물 몇 방울 덜어내기에 불과한 셈이다.

하긴 페트로비치는 느닷없이 변덕을 부려 터무니없이 비싼 값을 부르는 버릇이 있기는 하다. 심지어 그 마누라까지 나서서,

"여보, 당신 미쳤수? 멍청이 같으니라구! 지난번에는 공짜나 마찬가지로 헐값에 일을 해주더니 이번엔 또 무슨 생각으로 그렇게 말도 안 되게 비싼 값을 부르는 거야? 당신 몸뚱이를 내다 팔아도 그만한 돈은 못 받을 걸?"

이렇게 고함을 치는 일이 있는 것이다. 그리고 아카키 아카키예비치도 그런 사실을 알고 있었다.

그러니까 말만 잘하면 페트로비치는 80루블 정도에 일을 해줄 수도 있을 것이다. 그러나 그렇다 해도 도대체 어디서 80루블이라는 거액을 만들어낸단 말인가? 그 절반 정도라면 혹시 가능할지도 모른다. 아니 그보다 약간 더 많아도 만들어낼 수 있을 것이다. 하지만 나머지 절반은 어디에서 구한담?

그러나 우선 독자들은 최초의 그 절반의 돈이 어디서 나온 것인지부터 알아둘 필요가 있다. 아카키 아카키예비치는 1루블을 쓸 때마다 2코페이카씩 저금을 하는 습관이 있었다. 뚜껑에 구멍이 뚫리고 열쇠로 잠그게 되어 있는 조그만 상자에 동전을 집어넣는 것이다. 그리고 반년마다 한 번씩 그 동안 모은 동전을 지폐

로 바꾸곤 했다.

　이런 일을 몇 년 동안이나 꾸준히 계속해 왔기 때문에 이렇게 모인 돈이 얼추 40루블을 넘어섰던 것이다. 수중에 가지고 있는 그 절반의 돈이란 바로 이걸 말하는 것이다. 하지만 나머지 반액, 다시 말해서 부족한 40루블은 어디에서 장만한단 말인가? 아카키 아카키예비치는 머리를 싸매고 고민한 끝에 앞으로 적어도 1년 동안은 생활비를 바짝 줄여야겠다고 마음먹었다.

　아카키 아카키예비치는 저녁마다 마시던 홍차도 없애 버리고 밤에는 촛불도 켜지 않기로 했다. 부득이하게 뭔가 일을 해야 할 경우에는 하숙집 주인 노파의 방에 가서 거기 있는 촛불 빛 아래서 일을 하기로 했다. 한길을 걸을 때도 돌로 포장한 길에서 구두 바닥이 빨리 닳을까봐 되도록 조심스럽게 뒤꿈치를 드는 자세로 살금살금 걷기로 했다.

　속옷 따위를 세탁소에 보내는 횟수도 가급적 줄이고 집에 돌아오면 잽싸게 옷을 죄다 벗어 버렸다. 옷이 빨리 해지는 것을 막기 위해서였다. 그리고는 두꺼운 무명 잠옷 하나만 입기로 했다.

　솔직히 말해서 아카키 아카키예비치도 처음엔 이런 허리띠 졸라매기가 여간 불편하지 않았다. 그러나 얼마 후 시간이 좀 지나자 이것도 그럭저럭 습관이 되어서 별로 불편을 느끼지 않게 되었다. 나아가 저녁 끼니를 거르고도 지낼 수 있을 정도였다. 그 대신 앞으로 외투가 생길 것이라는 희망을 갖게 되었다. 이것이 충분히 정신적인 양식이 되어 준 셈이다.

아카키 아카키예비치는 이때부터 자기의 존재가 충실해지고, 마치 결혼이라도 해서 어떤 다른 사람이 줄곧 옆에 붙어 있는 듯한 느낌을 받게 되었다. 이제는 혼자가 아니라, 인생의 즐거운 동반자가 생겨서 자기와 마음을 합쳐 인생 항로를 함께 나아가는 것 같은 느낌이었다.

그 동반자는 다름이 아닌 새 외투였다. 두껍게 솜을 대고, 절대로 닳아 해지지 않는 질긴 감으로 안을 받친 그런 외투 말이다. 그는 전보다 태도가 훨씬 활발해졌고 인생의 확실한 목적을 가진 사람처럼 성격마저 굳건해진 것 같았다. 망설임과 우유부단, 다시 말해서 흐리멍텅한 회의적인 태도가 그의 얼굴이나 태도에서 저절로 사라졌다.

때로는 두 눈을 반짝이면서 이왕이면 외투 깃에 담비 가죽을 다는 것은 어떨까 하는, 그로서는 대담하기 짝이 없는 생각까지 하는 경우도 있었다. 이런 생각들은 그를 일종의 멍한 방심 상태로 이끌어가곤 했다. 한번은 서류를 정서하는 도중에 하마터면 글씨를 틀리게 쓸 뻔해서 "억!" 하는 소리가 목구멍에서 튀어나오는 것을 간신히 참은 일도 있었다.

한 달에 한 번씩이긴 했지만, 달이 바뀔 때마다 그는 페트로비치를 찾아가 어디에서 옷감을 살 것인지, 나사의 색깔은 어떤 것으로 할 것인지, *감⁹을 얼마나 끊으면 될 것인지 등 외투와 관련된 것을 상의했다. 아직도 약간 걱정이 되긴 했지만, 그러나 머지않아 곧 옷감을 사다가 진짜로 외투를 지어 입게 될 날이 올 것을 생각하면 그는 언제나 흐뭇한 마음이 되어 집으로 돌아오는 것이었다.

외투를 새로 만드는 일은 원래 예상보다 더 빠르게 진행됐다. 국장이 아카키 아카키예비치에게 40루블이 아닌, 무려 60루블이나 되는 상여금을 지급했던 것이다. 아카키 아카키예비치에게 새 외투가 필요하다는 걸 국장이 미리 알아차린 것인지, 아니면 그냥 일이 되다 보니 우연히 그렇게 된 것인지 아무튼 그의 손에는 20루블의 가윗돈이 들어오게 된 것이다. 두세 달 정도 더 배를 곯고 난 결과 아카키 아카키예비치는 80루블의 돈을 손에 쥘 수 있었다. 언제나 지극히 평온하기만 하던 그의 심장도 이번만은 거세게 뛰었다. 바로 그 날 그는 페트로비치와 함께 옷감을 사러 나갔다. 그들은 아주 좋은 나사 옷감을 살 수 있었다. 그럴 수밖에 없었다. 벌써 반년 동안이나 오직 이 일만을 생각해온데다 가격을 알아보려고 거의 매달 옷감 가게에 들르곤 했으니 말이다.

재봉을 할 페트로비치 역시 이보다 더 좋은 나사는 찾을 수 없을 거라고 말했다. 안감으로는 포플린을 쓰기로 했다. 페트로비치의 말을 빌리자면 포플린은 올이 가는 고급 천이어서 보기에도 좋고, 반지르르한 것이 오히려 비단보다 낫다는 것이었다. 담비 털가죽은 너무 비싸서 사지 않고, 그 대신 가게에 갓 들어온 것으로 제일 좋은 고양이 털가죽을 골랐다. 이것 역시 멀리서 보면 영락없이 담비 털가죽으로 사람들이 생각할 만큼 좋은 물건이었다.

페트로비치는 외투를 만드는 데 꼬박 2주일이나 걸렸다. 솜 넣

---

9 옷감을 세는 단위.

새 외투를 입은 아카키 아카키예비치는 어디를 어떻게 걸었는지도 모르게 이미 관
청에까지 와 있었다.

는 데를 그렇게 꼼꼼히 누비지 않았어도 그렇게까지 오래 걸리지는 않았을 것이다. 바느질삯으로 페트로비치는 12루블을 받았다. 절대로 그보다 싸게 할 수는 없다는 것이었다. 하긴 페트로비치는 명주실만을 써서 촘촘하게 이중으로 외투를 꿰맸고 게다가 꿰맨 자리마다 일일이 이빨 자국을 내가며 꼼꼼하게 줄을 세우기까지 했던 것이다.

몇 월 며칠이었는지는 정확히 말할 수 없다. 하지만 아무튼 페트로비치가 새로 만든 외투를 갖고 온 날은 분명히 아카키 아카키예비치 생애 최고의 날이었다. 페트로비치는 아침 일찍 외투를 들고 왔다. 마침 관청으로 출근하기 조금 전이었다. 어쩌면 그렇게 시간을 맞춰 외투를 들고 왔는지 모르겠다. 벌써 추위가 만만찮은 날씨였지만 앞으로는 더욱 날씨가 추워질 것 같았기 때문이다.

페트로비치는 마치 일류 재봉사와 같은 모습으로 외투를 싸들고 나타났다. 그의 얼굴에는 아직까지 아카키 아카키예비치가 한 번도 본 적이 없는 그런 자부심이 어려 있었다. 그것은 마치 자기가 만든 것이 결코 시시한 물건이 아니라는 것을 과시하는 듯한 표정이었다. 기껏해야 안감이나 깁고, 낡은 옷이나 수선하는 그런 재봉사와 이렇게 새로운 외투를 직접 짓는 그런 재봉사와는 엄청난 차이가 있다는 것을 말하고 싶은 그런 표정이었던 것이다.

그는 외투를 싸들고 온 커다란 보자기를 풀렀다. 그 보자기는 세탁소에서 방금 가져온 것이어서, 그건 다시 접어서 호주머니에

집어넣었다. 그는 끄집어낸 외투를 펼쳐들고 자못 자랑스러운 얼굴로 그것을 다시 한 번 살폈다. 그리곤 두 손으로 외투를 바쳐들고 익숙한 솜씨로 아카키 아카키예비치의 어깨에 걸쳐 주었다.

페트로비치는 등에서부터 밑으로 손으로 가볍게 매만져 옷자락을 반듯하게 당겨 주었다. 그리고 앞섶이 약간 벌어지게 아카키 아카키예비치의 몸을 외투로 감쌌다. 아카키 아카키예비치는 그래도 약간 불안해져서 팔소매 길이를 확인했다. 페트로비치는 소매에 팔을 끼우는 것도 도와주었다. 소매 역시 흠잡을 곳이 없었다. 한 마디로 말해서 외투는 완전히 맵시 있게 몸에 착 맞았다.

그러는 동안에도 페트로비치는 자기가 하고 싶은 말을 빼놓지 않았다. 자기가 뒷골목에서 간판도 걸지 않고 일을 하는 처지이고, 더욱이 아카키 아카키예비치와는 오래 전부터 잘 아는 사이이기 때문에 그렇게 헐값으로 옷을 만들어 주었지만, 이걸 만약 넵스키 거리에서 만들었다면 품삯만 해도 75루블은 주어야 한다는 얘기였다.

아카키 아카키예비치는 이 점에 대해서는 굳이 더 페트로비치와 얘기를 하고 싶지 않았다. 뿐만 아니라 페트로비치가 버릇처럼 터무니없이 불러 대는 엄청난 액수에 대해서는 말만 들어도 겁부터 났다. 그는 돈을 치르고, 고맙다는 치하를 한 후 새 외투를 입은 채 곧장 직장으로 출근했다. 페트로비치는 아카키 아카키예비치를 뒤따라 나와 길거리에 서서 한참 동안 멀리서 외투를 지켜봤다. 그리고 일부러 골목길을 달려 큰 길거리로 빠져 나와 다시 한 번 자기가 만든 외투를 다른 방향에서, 즉 정면에서 바라보았다.

한편 아카키 아카키예비치는 더없이 흐뭇한 기분이었다. 그는 매 순간 어깨에 새 외투의 감촉을 느끼고 있었다. 마음이 너무 흡족해 그는 몇 번이나 혼자서 미소를 지었다. 사실 그는 두 가지 좋은 점을 느끼고 있었다. 하나는 우선 따뜻하다는 것이요, 다른 하나는 멋이 있다는 것이었다. 어디를 어떻게 걸었는지도 모르게 이미 관청에까지 와 있었다.

아카키 아카키예비치는 수위실에서 외투를 벗어 위에서 아래까지 검사해본 뒤, 잘 간수해달라고 수위에게 신신당부했다. 어떻게 알았는지 아카키 아카키예비치의 그 '싸개'가 어디론가 사라지고 새 외투가 생겼다는 소문이 관청에 쫙 퍼졌다. 모두들 아카키 아카키예비치의 새 외투를 구경하려고 수위실로 달려왔다.

모두들 앞을 다투어 축하와 칭찬하는 말을 퍼부었다. 처음에는 아카키 아카키예비치도 흐뭇하게 미소를 지었을 뿐이었으나 나중에는 어딘지 낯이 뜨거울 지경이었다. 모두들 그를 둘러싸고 새 외투를 장만한 것을 축하하는 의미에서 한잔 사야 한다느니, 사무실 동료들을 위해 파티를 열어야 한다느니 떠들어댔다.

아카키 아카키예비치는 정신이 얼떨떨해 어떻게 하면 좋을지, 뭐라고 대답을 해야 할지, 무슨 구실을 붙여 적당히 거절해야 할지 도무지 알 수가 없었다. 거의 5, 6분 동안이나 이렇게 시달린 뒤에야 아카키 아카키예비치는 간신히 이건 그리 좋은 물건이 아니다, 중고품이나 다름없는 그런 물건이라고 어린애 같은 거짓말로 곤경을 모면하려고 했다.

결국 동료들 가운데 한 사람이 나섰다. 그는 부과장의 지위에 까지 올라간 사람이었다. 그는 자기가 결코 거만한 사람이 아니 며, 부하들과도 스스럼없이 어울리는 사람이라는 것을 과시하고 싶었는지 그럴싸한 제의를 했다.

"아카키 아카키예비치 대신 내가 오늘밤 파티를 열 테니, 오늘 저녁은 다들 우리 집으로 와서 차라도 한 잔 하는 게 어떨까? 마 침 오늘이 내 세례명 축일이거든."

결국 사람들은 그 자리에서 부과장에게 축하 인사를 하고 기꺼 이 그의 초대를 받아들였다. 아카키 아카키예비치는 적당한 구실 을 붙여 거기서 빠지려고 했으나, 그건 애초에 불가능한 얘기였 다. 다들 나서서 그건 실례라느니 창피한 줄 알라느니 체면이 뭐 가 되겠느냐 하며 떠들어댔기 때문이다.

그러나 조금 있다 생각해보니 아카키 아카키예비치 역시 밤에 새 외투를 입고 외출할 기회가 생겼다는 생각이 들어 오히려 기 분이 좋아졌다. 이날 하루는 아카키 아카키예비치에게는 마치 명 절이나 다름없는 즐거운 날이었다.

그는 극히 행복한 기분으로 집에 돌아와서 외투를 벗어 조심스 럽게 벽에 걸어 놓았다. 아카키 아카키예비치는 다시 한 번 외투 의 나사와 안감을 손으로 만져 보았다. 그런 다음 일부러 전에 입 던 그 낡은 '싸개'를 꺼내 새 옷과 비교해 보았다. 그는 저절로 웃 음이 터져나왔다.

하늘과 땅 차이라는 건 바로 이걸 말하는 거야! 그런 다음 식사를 하면서도 그는 그 싸개의 꼬락서니를 생각하면서 연신 입가에 웃음을 짓고 있었다. 유쾌하게 식사를 마치고 그는 평소의 버릇처럼 식후의 서류 정서 따위는 까맣게 잊어버리고 어두워질 때까지 그대로 침대에 누워 딩굴며 시간을 보냈다. 날이 어두워지자 그는 얼른 옷을 갈아입고 외투를 그 위에 걸친 다음 거리로 나갔다.

유감스럽지만 이날 저녁에 사람을 초대한 그 관리가 어디에 살고 있었는지는 분명하지 않다. 기억이 희미해져서 페테르부르크의 모든 거리와 집들이 한데 뒤엉켜 머리속에서 뒤죽박죽이 되어 버린 것이다. 그런 속에서 뭐가 한 가지라도 분명한 모습으로 끄집어낸다는 것은 너무 어려운 일이다.

하지만 아무튼 그 관리가 시내에서도 손꼽히는 고급 주택가에 살고 있었던 것만은 분명하다. 따라서 아카키 아카키예비치가 살고 있는 집에서는 무척 먼 거리에 있었다. 아카키 아카키예비치는 처음에 어두컴컴하고 인적이 드문 길을 걸어야 했으나, 그 관리의 집이 점점 가까워짐에 따라 거리에 활기가 넘치고 번화해지는 것을 느낄 수 있었다. 조명도 한층 더 밝아졌다.

길거리를 지나다니는 사람들도 더 많아져서 그 가운데에는 화려하게 차린 귀부인들과 수달피 깃을 단 남자들의 모습도 눈에 띄었다. 뻥 둘러 도금한 못을 박은, 격자 모양의 손잡이가 달린 초라한 영업용 마차들은 점차 모습을 감추고 있었다. 그 대신 새빨간 빌로드 모자를 쓴 멋진 옷차림의 마부들이 곰의 털가죽 무릎 덮개를 깐 고급 마차를 모는 모습이 점점 더 많이 눈에 띄었다. 화려하게 장식한 자가용 마차들이 눈 위를 요란스럽게 달려갔다.

아카키 아카키예비치는 그런 모습들을 신기한 눈으로 지켜보았다. 그는 벌써 몇 년 동안이나 이런 밤거리에 나와 본 적이 없었던 것이다. 등불이 휘황찬란한 상점 진열대 앞에 멈춰서서 그는 신기한 듯이 안에 붙여진 포스터를 들여다보았다.

거기에는 날씬한 다리를 허벅지까지 드러낸 모습으로 구두를 벗고 있는 아리따운 미녀의 모습이 그려져 있었다. 그 아가씨 등 뒤에서는 삼각형 콧수염을 멋들어지게 기른 사나이가 문으로 빼꼼 목을 들이밀고 쳐다보는 모습이 있었다.

아카키 아카키예비치는 고개를 끄덕이며 히죽 웃고는 다시 걸음을 옮겼다. 그는 어째서 그렇게 히죽 웃었을까? 이런 것들은 그가 그동안 전혀 본 적도 없는 것들이었다. 하지만 그 역시 인간이기에 그런 모습을 보고 자기 내면에서 뭔가 감정이 꿈틀대는 것을 느꼈는지도 모른다.

아니면 그 역시 다른 관리들처럼

"프랑스 자식들은 정말 어쩔 수 없는 작자들이라니깐! 도대체 마음만 내키면 못할 짓거리가 없단 말씀이야!"

이렇게 생각했는지도 모르겠다. 하지만 어쩌면 이런 저런 생각조차 하지 않았는지도 모른다. 사람의 마음속에 파고 들어가 그가 생각하는 것을 하나하나 남김없이 들춰 본다는 건 불가능한 일이니 말이다.

마침내 그는 부과장이 살고 있는 아파트에 도착했다. 부과장은 호화스럽게 살고 있었다. 계단에는 등불이 환하게 밝혀져 있고 침실은 이층이었다. 현관에 들어선 아카키 아카키예비치는 마루

바닥에 여러 켤레의 고무덧신이 죽 줄지어 있는 것을 보았다. 그 너머 응접실에서는 사모바르가 하얀 김을 내뿜으며 부글부글 끓고 있었다. 벽에는 외투와 레인코트 따위가 죽 걸려 있고, 그 가운데에는 수달피와 빌로드 가죽을 댄 것도 섞여 있었다.

사모바르 러시아 전래의 특유한 주전자. 구리, 은, 주석 따위로 만드는데 중앙에 상하로 통하는 관이 있어 그 속에 숯불을 넣어 물을 끓인다.

바로 벽 건너편 방에서는 떠들썩한 소리가 들려왔다. 그때 마침 문이 열리며 하인이 빈 컵이며 크림 접시, 비스킷 등이 담긴 쟁반을 들고 밖으로 나오는 바람에 소리가 더욱 크게 들렸다. 동료 관리들이 모인 지는 벌써 꽤 된 모양이다. 그래서 벌써 차 한 잔씩은 마신 모양이었다. 아카키 아카키예비치는 자기 손으로 외투를 걸어 놓고 방으로 들어갔다.

그 순간 아카키 아카키예비치의 눈에는 여러 개의 촛불과 관리들, 담배 파이프, 트럼프 놀이 탁자 등이 한꺼번에 확 들어왔다. 그리고 사방에서 왁자지껄 떠들며 얘기하는 소리와 의자를 잡아당기는 소리 등이 한꺼번에 귀를 때렸다. 그는 어찌할 바를 모르고 어색하기 짝이 없는 모습으로 방 한가운데 서 있었다. 그러나 동료들은 곧 그를 발견하고 환성을 올리며 환영했다.

그들은 즉시 현관으로 몰려나가 그 외투를 다시 한 번 구경했다. 아카키 아카키예비치는 약간 낯이 간지럽기는 했지만 원래 순진한 성격이었기 때문에 다른 사람들이 모두들 자기 외투를 칭찬하는 얘기를 듣고 기뻐하지 않을 수 없었다. 그러나 얼마 후에는 모두들 아카키 아카키예비치나 외투 따위는 내버려 두고 다시 트럼프 놀이 탁자에 둘러앉았다.

방안의 시끄러운 소리며 떠드는 얘기, 북적거리는 사람들, 이 모든 것이 아카키 아카키예비치에게는 무척이나 이상하고도 놀라운 것이었다. 자기는 무엇을 해야 좋을지, 손발이나 몸 전체를 도대체 어디에 두어야 좋을지 알 수가 없었다. 생각 끝에 그는 놀고 있는 사람들 옆에 가 앉아서 트럼프 패를 들여다보기도 하고, 이 사람 저 사람 얼굴을 바라보기도 했다. 하지만 얼마 지나지 않아 하품이 나오기 시작했다.

여느 때 같으면 그로서는 침대에 들어갈 시간이 훨씬 지났으니 그건 당연한 일이었다. 그는 주인한테 인사를 하고 곧 돌아가려고 했으나 다른 사람들이 그를 붙잡고 새 외투가 생긴 것을 축하하는 의미에서 꼭 샴페인을 마셔야 한다고 우기며 놓아주지 않았다. 한 시간 정도 지나서야 밤참이 나왔다. 야채샐러드와 차가운 쇠고기, 고기만두와 파이, 거기에 샴페인이 곁들여 나왔다.

아카키 아카키예비치도 사람들의 권유를 이기지 못하고 커다란 유리컵으로 두 잔이나 마셨다. 술을 마시고 나니 방안이 더욱 흥겨워진 기분이었다. 하지만 아무래도 벌써 열두 시가 넘었으니 집에 돌아갈 시간이 지났다는 생각을 떨쳐 버릴 수 없었다. 그는 주인이 말릴까봐 아무도 몰래 살그머니 방을 빠져 나왔다.

현관에서 외투를 찾으니 그 외투는 마룻바닥에 떨어져 있었다. 그는 그걸 보고 약간 기분이 언짢았다. 그는 외투를 흔들어 먼지를 잘 털어 내고는 어깨에 걸쳐 입고 계단을 내려와 거리로 나갔다.

길거리는 여전히 밝았다. 귀족의 하인들과 그 밖의 온갖 하층민들이 함께 모여드는 구멍가게들은 아직 문을 열어 놓고 있었다. 덧문을 닫아 건 상점들도 문틈으로 아직 불빛이 길다랗게 새어나오고 있는 것으로 봐서 그 안의 단골손님들은 아직 돌아갈 생각을 않고 있는 모양이다.

그 안에는 근처의 하녀들과 하인들이 모여들어 집에서 자기를 찾고 있을 주인 생각 따위는 까맣게 잊고 온갖 잡담을 나누느라 정신이 팔려 있으리라. 아카키 아카키예비치는 전에 없이 들뜬 기분으로 거리를 걸었다. 정확히 이유는 모르겠지만 어떤 귀부인의 뒤를 쫓아 가려는 생각까지 했다. 그 귀부인은 마치 온몸에 율동에 넘치는 듯한 발걸음으로 번개처럼 그의 옆을 스쳐 지나갔다.

그는 곧 발걸음을 멈추고 자기가 왜 그녀를 쫓아가려고 했는지 스스로 의아하게 생각하며 다시 천천히 걸음을 옮겼다. 얼마 걷지 않아 그는 다시 인적이 드문 텅 빈 거리에 이르렀다. 이 근방은 낮에도 별로 기분 좋은 곳이 아니다. 하지만 저녁이면 한층 더 심했다.

게다가 지금은 더욱 *호젓하고[10], 더욱 음산하고, 불이 켜져 있는 가로등도 점점 숫자가 줄어들고 있었다. 아마 가로등의 기름이 떨어지고 있기 때문이겠지. 목조건물과 울타리가 앞으로 쭉 이어지지만 어디를 보아도 사람의 그림자는 눈에 띄지 않는다.

---

10 후미져서 무서움을 느낄 만큼 고요하다.

길에 깔린 눈만이 하얗게 반짝일 뿐, 지붕이 납작한 거리의 집들은 모두 덧문까지 걸어 잠그고 거무튀튀하게 서글픈 빛을 띠고 잠들어 있었다. 이윽고 그는 넓은 광장에 도착했다. 지금까지 걸어온 거리는 여기서 끝나고 건너편 집들은 보일 듯 말 듯 아득하게 멀다. 광장은 마치 무서운 사막처럼 보였다.

경찰 초소의 등불이 멀리서 깜박이고 있었다. 그러나 그곳은 아득하게 먼 곳, 마치 지평선 저 끝에 쯤 서 있는 것 같다. 여기까지 오니 아카키 아카키예비치의 흥겨웠던 기분도 차츰 가라앉고 있었다. 무언가 불길한 예감이라도 느끼는 것처럼 그는 본능적인 공포를 느끼며 광장으로 걸어갔다. 그는 뒤를 돌아보고 다시 좌우를 둘러보았다. 마치 바다 한가운데 있는 느낌이다.

'차라리 아무 것도 보지 않는 것이 낳겠어.'

그는 속으로 생각하고 눈을 감은 채 걸었다. 이제 거의 광장을 다 지났겠지 하고 눈을 뜬 순간, 그는 눈앞에 그것도 바로 코앞에 수염을 기른 사내들이 버티고 서 있는 것을 발견했다. 도대체 어떤 녀석들인지 분간할 틈조차 없었다. 눈앞이 캄캄해지고 가슴속이 방망이 질 치듯 두근거렸다.

"야, 이건 내 외투잖아!"

그 가운데 한 놈이 그의 멱살을 움켜쥐며 마치 장독 깨지는 것 같은 소리를 질렀다.

아카키 아카키예비치가

"사람 살려!"

하고 소리치려 하자 다른 한 놈이 마치 관리의 머리통만큼이나

큰 주먹을 그의 입에 들이대며

"소리치면 알지?"

하며 으르렁댔다.

아카키 아카키예비치는 외투를 빼앗기고 무릎을 차인 것까지는 알았으나 그 뒤에는 눈 위에 나동그라진 채 아무 것도 느끼지 못했다.

몇 분이 지나서야 그는 정신을 차리고 일어났다. 그러나 이미 사람의 그림자는 아무 것도 보이지 않았다. 광장이 몹시 춥다는 것, 자신의 외투가 사라졌다는 것을 비로소 알아차리고 그는 뒤늦게 고함을 지르기 시작했다. 그러나 그 소리는 광장 저 끝까지 가지 않는 것 같았다. 그는 죽을힘을 다해 미친 듯이 부르짖으며 광장을 가로질러 경찰 초소로 달려갔다.

초소 앞에는 경찰관 한 명이 장총에 몸을 기대고 서서, 도대체 어떤 자식이 저렇게 소리를 지르며 달려오나 하고 호기심 어린 눈으로 바라보고 있었다. 아카키 아카키예비치는 경찰관 앞으로 달려가서 숨을 헐떡이며, 경찰이 감시는 하지 않고 졸고 있기 때문에 지금 강도들이 날뛰고 있다고 고함을 질렀다.

그러나 경찰은 광장 한가운데서 사내 둘이 그를 불러 세우는 것은 보았지만 그의 친구들일 거라고 생각해서 그다지 눈여겨보지 않았다고 대꾸했다. 경찰관은 그렇게 말하고 나서 자기한테 공연히 욕만 퍼부을 것이 아니라, 내일 파출소장을 찾아가 사정 얘기를 하면 아마 외투를 찾아 줄 것이라고 말했다.

아카키 아카키예비치는 마치 미친 사람처럼 되어서 집으로 돌아왔다. *관자놀이[11]와 뒤통수에 조금 남아 있던 머리카락이 이리저리 흩어져 있었다. 옆구리와 가슴팍, 바지에 온통 눈이 범벅이 되어 있었다. 하숙집 주인 할망구는 요란하게 문을 두드리는 소리에 화들짝 놀라 자리에서 일어나 슬리퍼를 한 짝만 걸치고 문을 열어 주었다.

할망구는 문을 열고 아카키 아카키예비치의 그런 꼬락서니를 보고 기겁을 하고 뒤로 한 걸음 물러섰다. 그에게서 자초지종을 듣고 나서 그녀는 몹시 놀라면서 그렇다면 직접 본서의 서장을 찾아가야 한다고 말했다. 파출소장 따위는 말로만 약속을 할뿐이지 뒤에서는 딴 짓을 하기 일쑤라는 것이다. 그러니 직접 본서의 서장을 찾아가는 것이 최고라는 것이다.

다행히 자기는 본서의 서장과 잘 아는 사이라고 했다. 왜냐하면 전에 자기 집 하녀로 있던 핀란드 여자 안나가 현재 서장 댁의 유모로 있다는 것이었다. 뿐만 아니라 자기도 서장이 집 앞을 지나가는 것을 여러 번 본 일이 있다. 또 서장은 일요일마다 어김없이 교회에 나오는데, 거기서도 누구에게나 상냥한 표정을 짓고 있으며 이런 여러 가지로 볼 때 마음씨 좋은 사람임에 틀림이 없다는 얘기였다.

할망구의 얘기를 듣고 나서 아카키 아카키예비치는 슬픔에 잠겨 자기 방으로 돌아왔다.

이튿날 아침 일찍 그는 서장을 찾아갔다. 서장이 아직 자리에서 일어나지 않았다고 해서 그는 열 시쯤 다시 가 보았다. 그러나 이번에도 "주무십니다."라는 대답이었다. 그런데 열 한 시에 다시

갔더니 이번에는 "서장님은 출타하셨습니다."는 것이었다. 하는 수 없이 점심시간에 다시 찾아가 보니, 이번에는 서장 부속실에 있는 비서가 그를 얼른 들여보내려 하지 않았다. 도대체 무슨 일로, 무슨 필요가 있어서 왔느냐는 둥, 도대체 무슨 사건이냐는 둥 귀찮게 캐묻는 것이다. 아카키 아카키예비치도 이제는 더 이상 참을 수 없었다.

나는 서장을 직접 만나야 할 필요가 있어서 찾아온 것이다, 그러니 너희들이 나서서 나를 들어가지 못하게 할 수는 없다, 나는 관청에서 공무 때문에 찾아온 사람이다, 그러니 너희들이 나를 못 들어가게 한다면 그때는 상부에 보고를 할 수밖에 없다, 그러니 알아서 해라고 한바탕 을러댔던 것이다.

그는 이를테면 태어나서 처음으로 자기가 뭔가 만만찮은 인간이라는 것을 보여준 셈이었다. 그가 이렇게 나오자 비서들도 아무 소리 못하고 그 중 하나가 서장에게 보고하러 들어갔다. 서장은 외투를 강도질 당했다는 얘기를 아주 이상한 의미로 받아들였다.

그는 사건의 요점 따위에는 전혀 관심도 기울이지 않고, 오히려 아카키 아카키예비치에게 무엇 때문에 그렇게 늦게야 집으로 돌아갔느냐는 둥, 어디 점잖지 못한 곳에 가서 자빠져 있었던 게 아니냐는 둥 엉뚱한 질문만 해댔던 것이다. 아카키 아카키예비치는 그만 헷갈려서 자기의 방문이 외투를 되찾는 무슨 효과가 있었는지 또는 효과가 전혀 없었는지조차 알지 못한 채 그냥 물러

---

11 귀와 눈 사이의 맥박이 뛰는 곳.

추운 날씨와 고된 삶으로부터 아키키에비치를 지켜줄 수 있는 것은 '외투'가 전부
였다.

나오고 말았다.

그는 그날 하루 종일 관청에 나가지 않았다(이런 일은 그의 일생을 통해서 단 한번밖에 없었다.). 이튿날 그는 전보다 훨씬 더 을씨년스럽게 보이는 그 헌 '싸개'를 걸치고 핼쑥한 얼굴로 출근했다. 물론 이런 경우에도 아카키 아카키예비치를 조롱하려 드는 친구들도 있기는 했다. 그러나 많은 사람들은 외투를 강도당했다는 말을 듣고 충격을 받았다. 동료들은 그 자리에서 그를 돕기 위해 성금을 모으기로 했다.

그러나 정작 모인 금액은 얼마 되지 않았다. 그렇잖아도 관리들은 여기저기 뜯기는 돈이 많았기 때문이다. 국장의 초상화를 사 주는가 하면, 과장의 친구라는 사람이 쓴 책을 신청하라는 과장의 권유를 받기도 하는 것이다. 동료 가운데 한 사람은 아카키 아카키예비치를 동정하고 그를 돕고 싶어서 그에게 친절하게 돕는 말을 해주었다. 조금이나마 힘이 되어 주고 싶었던 것이다.

그는 아카키 아카키예비치에게 서장 따위를 찾아가 봤자 아무 소용이 없다는 것을 가르쳐 주었다. 가령 서장이 상부에 잘 보이려고 어떤 방법을 쓰던지 해서 외투를 다시 찾아낸다 하더라도 아카키 아카키예비치에게는 별로 도움이 되질 않는다는 것이었다. 그 외투가 자기 것이라는 법적인 증거를 내놓지 못하면 결국 외투는 경찰서에 보관하게 된다는 얘기였다.

즉 이 사건을 해결하기 위해서는 고위 관리에게 부탁하는 게 가장 좋은 방법이라고 했다. 그럴 경우 그 고위 관리가 경찰서의 사건 담당자에게 편지를 보내 사건을 원만하게 처리할 수 있을 것이라는 설명이었다.

특별히 다른 방법도 없었으므로 아카키 아카키예비치는 동료가 말해 준 그 고위 관리를 찾아가기로 마음먹었다. 그 고관이 어떤 사람이고, 어떤 지위에 있는 사람인지는 밝혀지지 않고 있다. 다만 참고로 말해둘 것은 그가 그 지위에 오른 것은 아주 최근의 일이며, 그 전까지는 그야말로 하찮은 존재에 불과했다는 점이다. 게다가 지금의 지위라는 것도 다른 중요한 지위에 비하면 하잘 것 없는 것이라고 얘기할 수 있다.

그러나 다른 사람들이 보기에 별로 대단치 않은 지위라도 스스로는 아주 대단한 것으로 여기는 그런 인간들이 이 세상에는 언제나 있는 법이다. 더욱이 그 고위 관리는 여러 가지 수단을 동원해서 자신의 지위를 더욱 높여 보려고 애를 쓰는 중이었다. 이를테면 자기가 출근할 때 부하 직원들이 모두 현관에까지 마중을 나오게 한 것도 그런 노력 가운데 하나였다.

또한 그는 어떤 사람도 자기 방에 직접 들어오지 못하게 하고, 관련된 업무를 엄격하게 정해진 규칙과 순서에 따라 처리하도록 하는 등 내부 규칙을 만들기도 했다. 다시 말해서 십사등관은 십이등관에게, 십이등관은 구등관이나 그밖에 적당한 관등의 인물에게 보고하는 등 모든 일이 그렇게 엄격하게 순서를 밟아 모든 안건이 자신에게 올라오도록 만들어 놓았던 것이다.

우리의 신성한 나라 러시아는 모든 것이 주로 흉내 내기에 의해 이뤄진다. 그래서 사람들은 누구나 자기 상관이 하는 일을 그대로 흉내내게끔 되어 있다.

심지어 이런 얘기도 전해진다. 즉 어떤 구등관이 조그만 독립 관청의 책임자로 임명되자 당장 사무실 한쪽을 막아 자기 방으로 정하고 '집무실'이란 간판을 내건 다음, 붉은 깃에 금테를 두른 수위를 문 앞에 세워 놓고 사람이 올 때마다 일일이 문을 여닫게 했다는 것이다. 그런데 그 집무실이란 것이 보통 책상 하나를 겨우 들여놓을 크기였다는 것이다.

그건 그렇다 치고 앞서 말한 이 고관의 태도나 습관 역시 어마어마하고 위엄이 가득찬 것이었다. 그렇다고 아주 복잡했던 것은 아니고 다만 그가 일하는 체계의 기본은 한마디로 말해 엄격성이었다.

'엄격하게, 더욱 엄격하게, 모든 것을 엄격하게!'

이것이 그의 입버릇이나 마찬가지였다. 그는 이렇게 뇌까리면서 잔뜩 거드름을 피운 얼굴로 노려보는 것이다.

거만스러운 태도

그러나 사실 그렇게까지 할 필요는 없었다. 왜냐하면 이 관청의 행정 기구에서 일하고 있는 몇 십 명의 관료들은 그렇잖아도 항상 공포심에 사로잡혀 있었기 때문이었다. 그들은 멀리서 그 고위 관료가 나타나기만 해도 벌떡 일어나 부동자세로 서서 그가 사무실을 지나갈 때까지 꼼짝도 않고 서 있을 정도였다.

그와 부하들과의 일상적인 대화도 마찬가지였다. 그가 사용하는 말은 단 세 마디로 엄격하게 한정되어 있었다. 즉 '자네가 감히 그렇게 할 수 있는가?'와 '자네는 지금 누구와 얘기하고 있는지 알고 있는가?' 그리고 '지금 자네 앞에 있는 사람이 누구인지 알고 있는 건가, 모르고 있는 건가?' 이 세 마디가 그것이었다.

하지만 그 역시 본심은 무척 착한 인간이었다. 친구도 잘 사귀었고 남의 일도 잘 보살펴 주는 편이었다. 오직 칙임관(勅任官)이라는 벼슬자리가 그를 그렇게 만들었을 뿐이었다. 칙임관에 임명되자 그는 이성을 잃고 흥분했다. 그래서 자기가 도대체 어떤 태도를 취해야 할 것인지 헷갈렸던 것뿐이다.

그래도 그가 자기와 대등한 지위의 사람을 상대할 때는 지극히 의젓한 태도를 취할 수도 있었다. 또 여러 가지 점에서 제법 총명한 구석도 있었다. 그러나 자기보다 단 한 계급이라도 낮은 사람들이 있는 장소에 나타나기만 하면 그의 태도는 당장 어색해지고 시무룩한 표정으로 입을 다물어 버리는 것이었다.

그러면서도 그는 속으로 이 사람들과 지금보다는 훨씬 더 재미있는 시간을 보낼 수 있으리라는 것을 느끼고 있었다. 그래서 그의 현재 상태는 더욱 가엾은 것이었다. 그래서인지 그도 가끔 무엇이든 재미있는 대화나 놀이에 끼어들고자 하는 욕구를 강하게 느끼곤 하여 그런 마음을 눈에 드러내기도 했다.

그러나 그럴 때마다 스스로 지금 내 입장에서 너무 지나친 행동을 하는 것은 아닌지, 지나치게 아랫사람에게 허물없이 구는 것은 아닌지, 그래서 결국 자기의 위신이 깎이는 것은 아닌지, 하는 두려움을 갖고 있었다. 이런 쓸데없는 생각 때문에 그는 결국 어디서나 꿀 먹은 벙어리 시늉이었다. 어쩌다가 가끔 입을 연다해도 야릇한 외마디 소리를 외칠 뿐이어서 마침내는 주변 사람들 모두 그를 따분하기 짝이 없는 괴상한 친구라는 딱지를 붙이고 말았다.

아카키 아카키예비치가 찾아간 고관은 바로 이런 인물이었다. 게다가 그는 하필 가장 좋지 않은 때 그 고관을 찾아갔다. 하지만 이것 역시 아카키 아카키예비치에게 가장 좋지 않은 때였다는 의미 일뿐, 그 고관에게는 그렇지 않았다. 오히려 그 고관에게는 아카키 아카키예비치가 마침 때맞춰 찾아와 준 셈이었다.

그 고관은 마침 자기 서재에 앉아 몇 년 만에 서울에 올라온 어릴 적 친구를 맞아 이야기꽃을 피우고 있던 참이었다. 하필이면 바로 이런 때에 바쉬마 치킨이라는 작자가 자기를 찾아왔다는 보고를 받은 것이었다.

"도대체 그 작자는 뭐하는 친구야?"

그는 퉁명스럽게 비서에게 물었다.

"어느 관청에 근무하는 공무원이라고 하더군요."

비서는 대답했다.

"그래? 그럼 내가 지금 바쁘니 조금 기다리라고 그래."

고관은 말했다. 하지만 그 고관의 이 말은 완전히 거짓말이었다는 것을 분명히 이야기해둘 필요가 있겠다. 그와 그의 어릴 적 친구는 이미 할 말은 거의 다 해버리고, 이제는 지루한 침묵 가운데서 이따금씩 서로의 무릎을 두드리며 "글쎄 말일세, 이반 아브라모비치!"라거나, "그게 그렇게 됐단 말인가, 스쩨빤 바를라모비치!" 하는 식으로 같은 말만 되풀이하고 있었기 때문이다.

하지만 그 고관이 이런 사정에도 불구하고 자기를 찾아온 관리를 기다리게 한 것은 이미 오래 전에 공직에서 물러나 시골집에 틀어박힌 자기 친구에게 뭔가를 보여 주고 싶었기 때문이었다. 즉 자기를 찾아온 관리들이 대기실에서 결코 적지 않은 시간을 기다려야 자신을 만날 수 있다는 사실을 보여 주고 싶었던 것이다.

마침내 두 사람은 이야기거리도 다 떨어지고 등받이가 달린 푹신한 소파에 기대고 앉아 담배를 피우고 있었다. 방에는 기나긴 침묵이 흐르고 있었다. 이 때 고위 관리는 문득 생각이라도 난 것처럼 보고 서류를 들고 문 옆에 서 있는 비서에게 말했다.

"아 참, 무슨 관리라든가 하는 친구가 밖에서 기다린다고 그랬지? 이제 들어와도 좋다고 해."

아카키 아카키예비치의 온순한 생김새와 낡아 빠진 제복을 보고 고관은 갑자기 그에게로 몸을 돌리며 딱딱 끊어지는 것 같은 차가운 말투로 대뜸 물었다.

"용건이 뭐요?"

이것은 그 고위 관리가 칙임관이라는 관직을 수여받고, 현재의 자리에 부임하기 일주일 전부터 혼자서 자기 방에 틀어박혀 거울 앞에서 일부러 연습한 그런 말투였다. 아카키 아카키예비치는 방에 들어오기 진작 전부터 겁을 집어먹고 있어서 이 말에 당황했다. 하지만 그래도 그는 잘 돌아가지 않는 혀를 억지로 움직여 말을 끄집어냈다.

"실은, 저 그게 그러니까."

이런 말을 연신 끄집어내면서 그는 자기가 새로 맞춰 입은 외투를 얼마 전에 야만적인 강도들에게 빼앗겼다는 것, 그래서 자기를 위해 경찰국장이나 기타 그밖의 적당한 지위에 있는 사람들에게 몇 자라도 적어 주시면 외투를 찾는데 무척 힘이 될 것이라는 이야기를 무척 어렵게 끄집어냈다. 그러나 아무튼 정확한 이유는 모르지만 그 고관은 아카키 아카키예비치의 말하는 것이 무척 예의에 벗어난 것이라고 판단한 모양이었다.

"뭐야?"

고관은 예의 그 딱딱 부러지는 말투로 말했다.

"자네는 일의 순서라는 걸 전혀 모르고 있나? 지금 어딜 찾아온 거야? 관청의 사무라는 게 어떤 순서를 밟아서 진행되는 것인지 알고 있을 것 아닌가? 이런 문제라면 우선 관련 창구를 찾아 탄원서를 제출하는 게 우선이지! 그렇게 하면 서류가 계장, 과장을 거쳐 비서한테 넘겨지겠지. 그 다음에 비로소 비서관이 내게 그 문제를 가져오게 되어 있단 말이야!"

"하지만, 각하!"

아카키 아카키예비치는 온몸에 진땀이 흐르는 걸 느끼며 마지막 남은 기력을 다해 이렇게 말했다.

"제가 이렇게, 감히 외람되게 각하께 직접 부탁을 드리는 것은…… 저 다름이 아니옵고, 실은 저 비서관들이 도무지…… 믿을 수가 없는 사람들이어서."

"뭐, 뭐라고?"

그 고관은 소리쳤다.

"도대체 어디서 그따위 생각을 머리속에 집어넣은 거야? 어디서 그따위 사상을 배워 왔느냐 말이야? 요즘 젊은 사람들 사이에서는 웃어른과 상관에 대해 지극히 불손하게 대하는 그런 사상이

만연되어 있어 정말 큰일이라니까!"

아마 그 고관은 아카키 아카키예비치가 이미 쉰 고개를 넘은 사람이라는 사실을 미처 깨닫지 못한 모양이다. 설혹 아카키 아카키예비치를 젊은 사람이라고 부른다 해도 그건 70 먹은 노인에게나 통하는 얘기일 텐데도 말이다.

"자네는 지금 누구를 상대로 그런 소리를 하는 건지나 알고 있나? 지금 자네 앞에 있는 사람이 누구인지나 알고 있느냐 말이야, 응? 알고 있어, 모르고 있어?"

그는 이제 아주 발까지 구르며, 설혹 아카키 아카키예비치 같은 사람이 아니더라도 겁을 집어먹지 않을 수 없을 만큼 목소리를 높여 고함을 쳤다. 아카키 아카키예비치는 거의 넋을 잃고 비틀비틀 두어 걸음 물러섰다.

아카키 아카키예비치는 온몸이 후들후들 떨려 더 이상 서 있기조차 힘들었다. 수위가 재빨리 방에 들어와 부축하지 않았다면 그는 그대로 방바닥에 쓰러지고 말았을 것이다. 그리하여 그는 거의 인사불성이 된 상태로 밖으로 끌려 나갔다. 고관은 자기의 태도가 기대했던 것 이상의 효과를 거둔 데 만족했다.

그는 자기의 말 한 마디가 상대방을 기절까지 시킬 수도 있다는 사실에 도취되었던 것이다. 그는 자기 친구가 이런 모습을 어떻게 보고 있는지 알고 싶어서 곁눈으로 힐끔힐끔 친구의 눈치를 살폈다. 친구 역시 얼이 빠진 듯 그 어떤 공포감마저 느끼는 눈치였다. 고관은 그 모습을 보고 더욱 마음이 흡족했다.

어떻게 계단을 내려와 한길로 나왔는지 아카키 아카키예비치는 아무것도 기억할 수 없었다. 팔이나 다리에도 전혀 감각이 없었다. 여태까지 자기 윗사람한테 그것도 다른 부처의 높은 사람한테 그렇게 호되게 꾸중을 들은 적이 한 번도 없었던 것이다. 그는 입을 딱 벌린 채 자꾸만 인도 밖으로 발걸음이 빗나가면서 길거리의 소용돌이치는 눈보라 속을 걸어갔다.

페테르부르크의 날씨는 원래 그렇지만 이날도 바람은 사방팔방에서 골목길이란 골목길로부터 빠짐없이 불어와 그에게 휘몰아쳤다. 그는 대번에 편도선이 부어올라 간신히 집으로 돌아왔다. 그는 말 한 마디 할 힘조차 없었다. 그는 곧장 잠자리로 기어들어갔다. 상관의 별 것 아닌 꾸지람 한 마디가 이렇게 엄청난 위력을 발휘하기도 한 것이다!

이튿날 그는 엄청나게 높은 열에 시달렸다. 의사가 진맥을 하러 왔을 때에는 맥을 한 번 짚어 보았을 뿐 어떻게 해 볼 도리가 없다고 고개를 저었다. 그저 병자가 아무 의술의 도움도 받지 못하고 죽었다는 말이라도 듣지 않도록 찜질이라도 해주라는 말뿐이었다.

의사는 그 자리에서 앞으로 기껏 하루나 하루 반나절 밖에 더 살지 못할 것이라고 단언하더니, 하숙집 주인 할망구에게 이렇게 말했다.

"할머니, 뭐 더 기다려보고 말고 할 것도 없어요. 지금 곧 소나무 관이라도 하나 주문하세요. 이런 사람한테는 참나무 관은 과분할 테니까 말입니다."

자기에게 치명적인 이런 말들이 아카키 아카키예비치의 귀에도 들렸는지 어쨌는지는 알 수 없다. 설사 들었다 하더라도 과연 그것이 얼마나 그에게 충격을 주었는지 또는 그렇지 않은지, 그가 자기의 비참한 일생을 과연 슬퍼했는지 어쩐지 하는 것도 전혀 알 도리가 없다. 왜냐하면 그는 그 동안에도 줄곧 혼수상태에 빠져 헛소리만 하고 있었기 때문이다.

그의 눈앞에는 끊임없이 괴이한 환상이 나타났다. 재봉사 페트로비치가 나타난 것을 보고는 침대 밑에 도둑놈이 숨어 있는

올가미

것 같으니 그 놈을 체포하기 위해 올가미가 달린 외투를 하나 만들어 달라고 부탁하는가 하면, 이불 속에서 도둑놈을 끌어내 달라고 하숙집 할망구를 소리쳐 부르기도 했다. 그러다가 새 외투가 있는데 왜 저 낡아 빠진 '싸개'가 저기 걸려 있느냐고 묻기도 했다.

그러다가 그는 이번에는 자기가 칙임관 앞에서 꾸지람을 듣고 있다고 생각하는지 "죄송합니다, 각하!" 하며 사과를 하기도 했다. 그러다가 결국 그는 입에 담기도 어려운 무서운 욕설을 마구 퍼부어 댔다. 아직까지 그렇게 무서운 욕을 들어보지 못한 주인 할망구는 그 바람에 십자를 긋기까지 했다. 더욱이 그런 욕설이 '각하'라는 말 뒤에 잇달아 튀어나왔으니 할망구로서는 겁을 먹는 것이 당연했다.

나중에 가서 아카키 아카키예비치는 전혀 의미도 없는 말을 중얼거리기 시작했다. 그 말은 아무도 알아들을 수 없었다. 다만

그의 두서없는 말이며 생각이 계속해서 언제까지나 외투라는 하나의 물건을 중심으로 맴돌고 있다는 것만은 짐작할 수 있었다. 이리하여 마침내 가엾은 아카키 아카키예비치는 숨을 거두고 말았다.

그가 죽은 뒤에 그의 방이나 소지품을 봉인하지는 않았다. 우선 유산 상속인이 아무도 없었기 때문이었다. 다음으로는 유산이라고 할 만한 것이 아무 것도 없었기 때문이다. 거위 깃으로 만든 펜이 한 묶음, 관청에서 쓰는 백지 한 권, 양말 세 켤레, 바지에서 떨어져 나온 단추 세 개, 그리고 독자들도 이미 잘 알고 있는 그 '싸개' 뿐이었다. 이런 물건들이 누구의 손에 들어갔는지는 알 수 없다. 또 솔직히 말해 필자 자신도 그런 데에는 흥미가 없다.

아카키 아카키예비치의 시체는 묘지로 실려 나가 매장됐다. 그리고 아카키 아카키예비치가 없어져도 페테르부르크는 여전히 그 모양 그대로였다. 마치 그런 인간은 처음부터 존재하지 않았던 것 같았다.

이리하여 그 누구의 도움도 받지 못하고, 그 누구도 소중하게 여기지 않았으며, 누구의 흥미도 끌지 못했던 — 흔해 빠진 파리조차도 핀으로 꽂아 현미경으로 관찰하는 박물학자의 주의조차 끌지 못한 존재 — 관청에서 온갖 비웃음을 순순히 참아 내면서 이렇다 할 업적 하나 이루지 못한 채 무덤으로 간 그 존재는 이 세상에서 영영 사라져버린 것이다.

그 역시 비록 생애가 끝나기 직전이기는 했지만 외투라는 기쁜 손님이 환한 모습으로 나타나 그의 초라한 인생에 잠시나마 활기를 불어넣기도 했다. 그리고는 곧 이 세상의 힘센 존재들에게도 예외 없이 닥쳐오는, 피할 수 없는 불행이 그에게 닥쳐오고야 만 것이다.

그가 죽은 지 3, 4일 뒤에 관청의 수위가 즉각 출두하라는 국장의 명령을 전하러 그의 하숙집을 찾아왔다. 그러나 수위는 그대로 돌아가 그 사람은 두 번 다시 출근할 수 없게 되었다는 보고를 하지 않을 수 없었다.

"어째서?"

라는 질문에 수위는 이렇게 대답했다.

"어째서구 뭐구 없습죠. 그 작자는 죽어버렸습니다. 벌써 사흘 전에 장사를 치렀더군요."

이렇게 해서 관청에서도 아카키 아카키예비치가 죽었다는 사실을 알게 되었다.

그 이튿날에는 벌써 아카키 아카키예비치의 후임인 새 관리가 와서 그 자리에 앉아 있었다. 키도 훨씬 더 크고 그다지 반듯한 필체가 아닌 비스듬히 옆으로 기울어진 그런 필체로 글씨를 쓰는 사나이였다.

그런데 아카키 아카키예비치에 관한 이야기는 여기서 완전히 끝나버린 것이 아니다. 아무에게서도 인정받지 못한 인생에 대한 보상이라도 받으려는 듯, 그는 죽은 뒤 며칠 동안이나 요란한 소동을 일으켰던 것이다. 그가 죽은 뒤에 이런 식으로 이상한 생존을 계속할 운명이었다는 것은 도대체 아무도 상상치 못한 일이었다. 하지만 정말 그런 일이 현실에서 발생하여 이 서글픈 이야기는 뜻밖에도 환상적인 결말을 맺게 된다.

페테르부르크에는 갑자기 다음과 같은 소문이 쫙 퍼졌다. 즉 칼린킨 다리와 그 근처 여기저기서 관리 옷차림을 한 유령이 매일 밤 나타난다는 것이었다. 그 유령은 자기가 외투를 도둑맞았다고 말한다는 것이다. 그리고 그 유령은 관등이나 신분 따위는 가리지 않고 지나가는 사람의 외투를 자기 것이라고 우기면서 뺏어간다는 것이다.

고양이 가죽이나 담비 가죽, 깃이 달린 외투, 솜을 누빈 외투, 여우나 너구리, 곰 가죽으로 만든 외투, 한 마디로 말해서 사람이 자기 몸을 감싸는 물건이라면 가죽이건 털이건 뭐든 그 종류를 가리지 않고 모조리 벗겨 간다는 소문이었다.

어느 관리 한 사람은 자기 눈으로 직접 그 유령을 목격했다고 말했다. 그는 첫눈에 그 유령이 아카키 아카키예비치라는 것을 알아봤지만 소름이 끼치고 겁이 나서 죽을힘을 다해 도망쳐 왔다는 것이었다. 하지만 멀리서 유령이 손가락을 치켜세우고 자기를 위협하는 시늉을 한 것만은 분명히 보았다고 했다.

여기저기서 외투 강도 사건이 너무 자주 발생하는 바람에 구등관은 말할 것도 없고, 칠등관들까지도 어깨와 잔등이 추위에 얼어붙을 지경이라는 호소가 여기저기서 잇달아 들어왔다. 이렇게 되니 경찰에서도 더 이상 문제를 두고 볼 수는 없게 되었다. 그래서 살아 있는 것이건, 또는 죽은 것이건 그 유령이라는 것을 무슨 일이 있어도 반드시 체포하여 극형에 처하도록 하라는 명령이 떨어졌다. 사실 이 명령은 거의 성공할 뻔했다.

어느 경찰이 키류쉬킨 골목에서 그 유령의 범행 현장을 덮친 것이다. 마침 그 유령은 한 때 플루트 연주하던 전직 악사의 외투를 빼앗는 중이었다. 경찰은 그 유령의 멱살을 틀어쥐고 자기 동료 두 사람을 소리쳐 불러 유령을 붙잡고 있으라고 말했다. 그러고 나서 자기는 장화 속에서 자작나무 껍질로 만든 코담배 상자를 꺼냈다. 그는 그 동안 무려 여섯 번이나 동상에 걸렸던 코를 잠시나마 담배 냄새로 위로하려고 했던 것이다.

그런데 그 담배 냄새가 너무 지독해서 유령조차 견딜 수 없었던 모양이다. 경찰관이 오른쪽 콧구멍을 손가락으로 누르고 왼쪽 콧구멍으로 담배를 들이마시는 순간 유령이 너무 세게 재채기를 하는 바람에 유령을 둘러싸고 있던 경찰관 세 사람의 눈에 담배 가루가 들어가고 말았다. 그들이 손으로 눈을 비비는 사이 유령은 자취도 없이 사라져버렸다. 경찰관들은 그래서 자기들이 정말 유령을 잡았는지조차 의심스러워졌다.

그때부터 경찰관들은 그 유령에 대해 엄청난 두려움을 느끼게 되어 살아 있는 사람조차 붙잡을 생각을 못하고, 그저 멀리서 고함만 질러댈 뿐이었다.

"이봐, 뭘 꾸물거리는 거야? 빨리 갈 길이나 가라구!"

덕분에 그 관리 옷차림을 한 유령은 칼린킨 다리 너머에까지 쏘다니게 되었다. 이제 어지간히 대담한 사람이 아니고는 그 근처를 함부로 다니기를 꺼릴 지경이었다.

그러나 우리는 앞서 얘기했던 그 고관에 대해서는 그 동안 까맣게 잊고 있었던 것 같다. 사실 솔직히 말하자면 그 고관이야말로 이 거짓 없는 실화가 환상적인 분위기를 띠게 만든 장본인이라고 해도 과언이 아니다. 무엇보다 공정을 기한다는 의미에서, 이 고관이 느낀 심정을 먼저 얘기해야 할 것 같다.

이 고관은 가엾은 아카키 아카키예비치가 자기에게서 혼이 나고 물러간 다음 어떤 연민 비슷한 심정을 느낀 것이 사실이었다. 그 역시 원래부터 동정심과 인연이 먼 그런 종류의 인간은 아니었다. 대부분의 경우 그의 마음은 선량한 감정을 충분히 받아들일 수 있을 만큼 너그러운 상태였다. 다만 스스로의 직위 때문에 그런 것을 표면에 나타내지 못할 따름이었다.

그때 시골에서 왔던 친구가 사무실을 나가자마자 그는 곧 불쌍한 아카키 아카키예비치에 대해 생각이 미쳤다. 그리고 그 후 거의 날마다 그리 대단치 않은 꾸중조차 견뎌내지 못하던 아카키 아카키예비치의 창백한 얼굴이 눈앞에 어른거렸다. 그 불쌍한 관리를 생각하기만 해도 마음이 괴롭고 불안했다.

그래서 일주일 후 그는 부하 직원을 보내서 그 관리가 어떤 인간이며 그 후 어떻게 지내고 있는지, 그리고 실제적으로 그를 도울 수 있는 방법이 어떤 것인지 등을 알아보고 오도록 했다. 그러니 아카키 아카키예비치가 갑자기 °열병 12 으로 죽고 말았다는 보고를 받자 그는 무척 충격을 받았다. 그는 그 날 온종일 양심의 가책에 시달려야 했다.

그는 울적한 마음을 조금이라도 풀고 불쾌한 여러 가지 생각들

---

12 열이 몹시 오르고 심하게 앓는 병. 두통, 식욕 부진 따위가 뒤따른다.

을 잊어버리려고 어느 날 밤 친구가 연 파티에 참석했다. 거기에는 점잖은 사람들이 모여 있었다. 특히 다행인 것은 거기에 모인 사람들은 거의 대부분 자기와 같은 관등에 있는 사람들이어서 이것저것 전혀 마음에 거리낄 것이 없었다는 점이다. 이것이 그의 정신 상태에 놀랄 만한 효과를 나타냈다.

그는 마음이 완전히 풀려 친구들과의 대화에도 즐겁고 상냥한 기분으로 함께 할 수 있었다. 한 마디로 말해서 그는 그 날 하룻저녁을 무척 즐겁게 보낸 것이다. 밤참이 나왔을 때는 샴페인도 두 잔이나 마셨다. 너무 잘 알려진 사실이지만, 이것은 마음을 흥겹게 하는 데에는 상당한 효과를 나타내는 것이다.

샴페인을 마시고 나니 그는 좀 더 과감한 행동을 해보고 싶은 생각이 났다. 다름이 아니라 곧장 집으로 돌아가지 않고 전부터 가까이 지내고 있던 카롤리나 이바노브나라는 여자에게 들르기로 한 것이다. 독일 출신으로 보이는 이 여성에 대해 그는 문자 그대로 친근한 감정을 갖고 있었다.

여기서 말해둘 것은, 이 고관이 이미 젊다고는 할 수 없는 나이였다는 점이다. 그는 가정에서도 충실한 남편인 동시에 훌륭한 아버지의 역할을 잘 해내고 있었다. 두 아들 가운데 하나는 벌써 관청에 근무하고 있었고, 좀 들창코이긴 하지만 그래도 꽤 귀여워 보이는 예쁘장한 딸 역시 올해 열여섯 살이었다.

이 자식들은 날마다 그에게 'Bon jour Papa!(아빠, 안녕!)' 하며 인사를 했다. 그리고 아직도 생기가 넘치는, 그다지 밉상이 아닌 그의 아내는 남편더러 자기 손에 키스를 하도록 시킨 다음, 그 손을 그대로 뒤집어 자기도 남편의 손에 키스를 하곤 했다.

이 고관은 이렇게 행복한 가정을 갖고 있고, 또 스스로도 그 생활에 지극히 만족하고 있으면서도 다른 한편으로는 시내의 다른 지역에 여자 친구를 두고 사귀는 것을 무척 당연하게 생각하고 있었다. 이것이야말로 그저 교제에 불과하다는 것이다.

여자 친구라고는 해도 그의 아내보다 별로 젊거나 아름답지도 않았다. 하지만 이런 일이야 워낙 세상에 흔해빠진 것 아닌가. 그러니 우리가 굳이 이러니저러니 따지고 들 일은 아닌 것이다.

어쨌든 이 고관은 친구네 집 계단을 내려와 마차에 올라타자 *마부[13]에게 곧장 말했다.

"카롤리나 이바노브나에게 가자!"

그는 마차 안에서 따뜻한 외투에 몸을 감싸고, 러시아 사람 특유의 지극히 즐거운 기분에 빠져들었다. 즉 일부러 무얼 생각하지 않아도 머릿속에 끊임없이 달콤한 상념이 떠올라, 그저 기분 좋고 편안한 그런 상태 말이다. 그는 더없이 기분이 흡족했고, 방금 떠나온 파티에서의 즐겁고 재미있었던 일들이 머릿속에 계속 떠올랐다.

그는 자기가 익살을 부려 친구들이 배를 붙잡고 웃게 만들었던 일을 돌이켜 보았다. 그리고 그는 지금 그 익살을 혼자 입 속으로 되풀이해 보았다. 지금 생각해도 역시 그 익살은 재치 있고, 사람을 웃길 수밖에 없었다. 그는 자기 자신도 친구들과 함께 큰 소리

---

13 말을 부려 마차나 수레를 모는 사람.

로 웃어댄 것이 지극히 당연한 일이라고 생각했다.

그러나 이따금 갑작스럽게 들어오는 찬바람이 그의 달콤한 기분을 방해했다. 어디서 갑자기 불어오는지도 알 수 없게 불어와 차디찬 눈가루를 흩뿌려 놓았다. 그리고 외투 깃을 마치 돛처럼 펄럭이게 만들고 그의 얼굴을 사정없이 후려치는 것이었다.

문득 고관은 누군가 뒤에서 자기의 외투 깃을 무서운 힘으로 움켜잡는 것을 느꼈다. 그는 뒤를 돌아보았다. 거기에는 다 떨어진 낡은 제복을 입은 작달막한 사나이가 서 있었다. 고관은 그 사나이가 바로 아카키 아카키예비치라는 것을 알아차리고 가슴이 덜컥 내려앉았다. 관리의 얼굴은 눈처럼 창백해서 겉으로 당장 보기에도 죽은 사람 즉 유령이라는 것을 알 수 있었다.

유령은 입을 일그러뜨리며 송장 냄새를 내뿜으며 말했다.

"음, 이제야 네놈을 만났구나! 이제야 네놈의 목덜미를 잡았어! 난 네놈의 외투가 필요하다! 나를 도와주기는커녕 나에게 호통을 쳤었지! 자, 이젠 네놈이 외투를 내놓을 차례야!"

고관은 완전히 공포에 사로잡혀 거의 숨이 끊어질 지경이었다. 그는 평소 관청의 부하들 앞에서는 언제나 늠름하고 위엄이 있는 모습을 보이고자 애를 썼다. 또 그의 그런 모습을 본 사람들은 누구나 "거 참, 위풍당당한 사람이로군!" 하고 감탄하곤 했다. 하지만 지금 이 상황에서 그는, *호걸[14]다운 풍모를 지닌 사람들이 대부분 그런 경향이 있지만, 극도의 공포에 사로잡혀 당장 발작이라도 일으키지 않을까 싶을 정도였다.

그는 허겁지겁 자기 손으로 외투를 벗어 던지고 마부에게 큰 소리로 명령했다.

"지금 당장 집으로 가자! 전속력으로 달려!"

마부는 주인의 이 목소리를 듣자 채찍을 사정없이 휘둘러 쏜살같이 말을 몰았다. 그리고 마부는 만일의 경우에 두 어깨 사이에 목을 잔뜩 움츠린 자세를 갖췄다. 왜냐하면 주인의 이런 목소리는 뭔가 어떤 긴급한 순간에 나오기 일쑤인데다, 대개의 경우 목소리보다 훨씬 효과가 높은 어떤 행동이 뒤따르는 경우가 태반이기 때문이었다.

6분 정도 지났을까, 고관은 벌써 자기 집 현관 앞에 도착했다. 외투를 잃고 겁에 질려 얼굴이 창백해진 그는 카롤리나 이바노브나를 찾아가는 대신 자기 집으로 곧장 달려왔던 것이다. 그는 그날 하룻밤을 이루 말할 수 없는 불안에 잠겨 꼬박 새웠다. 그래서 이튿날 아침 차를 마실 때 딸로부터

"아빠, 오늘은 아주 안색이 좋지 않아요."

라는 말까지 들었다. 그러나 그는 아무 대답도 하지 않았다.

그는 어제 저녁에 어디를 갔었는지 어디를 가려고 했는지, 그리고 자기한테 무슨 일이 일어났는지 하는 것에 대해서 단 한 마디도 입 밖에 꺼내지 않았다. 이 사건은 그에게 엄청난 충격을 주었다.

그는 이제 부하 관리들에게

---

14 지혜와 용기가 뛰어나고 기개와 풍모가 있는 사람.

"자네가 감히 그렇게 할 수 있단 말인가? 지금 자네 앞에 있는 사람이 누군지나 아나?"

하는 말을 전보다 훨씬 덜 사용하게 되었다. 설사 그런 말을 하더라도 우선 상대방의 사정부터 들어보고 나서 하게 되었다.

그러나 그보다 더욱 중요한 사실은, 그날 밤 이후로 그 관리 옷차림을 한 유령이 두 번 다시 나타나지 않게 되었다는 점이다. 아마 그 고관의 외투가 유령에게 딱 맞았던 모양이다. 하여튼 이제 어디서 누군가가 외투를 빼앗겼다는 소문은 더 이상 들려오지 않았다.

하긴 소심하고 지나치게 성격이 꼼꼼한 친구들은 아무래도 안심이 되지 않는지, 아직도 시의 변두리에서는 그 관리 옷차림의 유령이 등장한다고 수군대고 있었다. 사실 콜로멘스코에의 어떤 경찰관 한 사람은 어느 집 모퉁이에서 그 유령이 나타나는 것을 직접 눈으로 본 일도 있다고 했다. 하지만 이 경찰관은 원래가 형편없는 약골이었다.

언젠가 한 번은 절반 정도 자란 돼지 새끼 한 마리가 민가에서 달려 나오며 그의 다리를 들이받는 바람에 그 자리에 벌렁 나자빠져 근처에 있던 영업마차 마부들이 배를 움켜쥐고 웃어 댄 일조차 있었다. 그리고 그때 그는 마부들이 자기를 모욕했다며 한 사람당 1코페이카씩 강제로 거둬들인 일까지 있었다.

이렇게 약골인 친구여서 그는 유령을 보고도 차마 직접 불러 세울 용기가 없어 그대로 어둠 속을 뒤따라갔다. 그러나 유령은 얼마쯤 걷다가 그 자리에 우뚝 멈춰 서더니 뒤를 돌아보고 그 경

찰관에게,

"넌 도대체 뭐야?"

하고 물었다. 유령은 그러면서 도저히 사람의 것이라고는 믿기 어려울 만큼 커다란 주먹을 경찰관에게 불쑥 내밀었다.

그 바람에 경찰관은

"아니, 아무 것도 아닙니다."

라고 대답하고는 얼른 되돌아왔다.

그러나 그 유령은 키도 훨씬 더 크고, 콧수염까지 큼직하게 기르고 있었다. 그 유령은 오브호프 다리 쪽으로 걸어가는 것 같더니, 이윽고 밤의 어두움 속으로 완전히 사라져 버렸다는 것 이었다.

작가파일

니콜라이 고골리 1809~1852

러시아의 소설가. 우크라이나의 소로
친치 출생. 소귀족의 아들로 태어나 아버
지의 영향으로 어릴 때부터 문학을 좋아하
였다. 그는 우크라이나를 제재로 삼은 작품을 많이 썼는데, 그의
작품에는 가난한 사람들에 대한 연민과 환상성, 서정성 그리고
풍자적 경향이 강화되어 나타나 있다. 대표작으로『코』,『광인일
기』등이 있다.

독후 활동

1 이 소설의 주인공 이름을 써 보세요.

2 "19세기 러시아의 모든 문학은 고골리의 「외투」에서 나왔다"라고 말한 사람은 누구인가요?

3 이 소설의 말미에는 '유령의 이야기'가 나옵니다. 그 이야기를 통해 작가가 하고자 하는 말이 무엇이었을지 말해 보세요.

에드거 앨런 포우

검은 고양이

감상의 길잡이

　포우의 대표적 단편소설인 「검은 고양이」는 병적인 범죄 심리와 공포 분위기를 검은 고양이로 상징한, 광기, 분노, 악마성 등 인간의 어두운 내면을 파헤친 작품이라 할 수 있다.

　나와 아내는 애완동물들을 길렀고, 그 중에서 나는 플루토라는 고양이를 가장 귀여워했다. 몇 년이 지나면서 나는 알코올 중독자가 되어 갔고 동물들을 학대하고 아내에게도 폭언을 퍼부었다. 어느 날 밤, 나는 술을 마시고 고양이가 나를 피하는 느낌을 받자 칼로 고양이의 한쪽 눈을 도려낸다. 그 뒤에도 여전히 나는 술에 빠져 살았고 고양이를 나무에 목매달았다. 그날 밤, 집에 화재가 났고 누군가에게 불이 났음을 알리기 위해 목 매달린 고양이를 내 방을 향해 던졌다. 양심의 가책을 지우기 위해 나는 그 고양이를 대신할 만한 놈을 찾았고 어느 날 밤, 술집에서 가슴에 흰 털이 있는 검은 고양이를 발견한다. 나를 따라온 고양이는 곧 나와 아내에게 귀염둥이가 된다. 고양이를 데려온 다음 날 나는 눈이 하나 없는 그 고양이에 곧 싫증을 느낀다. 나는 갈수록 광란의 발작을 일으켰으며 아내는 불평 한마디 없이 받아 주었다. 어느 날 옛날 집 지하실로 아내와 같이 들어가는데, 고양이가 나를 가파른 층계에서 거꾸로 메어칠 뻔했다. 화가 난 나는 도끼로 내려치려 했지만 아내의 머리를 내려쳤고, 나는 시체를 지하실 벽 속에 집어넣고 흙을 발랐다. 나흘 뒤 집을 수색하러 온 경관들에게 나는 태연하게 행동했지만 벽 속에서 나는 고양이 울음소리에 벽을 허물어 보게 되고, 결국 나의 범죄는 발각되고 만다.

　이 작품을 통해서 우리는 주인공의 심리가 시간에 따라 변해가는, 처음에는 평온함에서 차츰 차츰 초조함과 불안함 그리고 광기에 휩싸여 가는 인물의 심리를 느껴볼 수 있을 것이다.

이제부터 내가 여기에 쓰려고 하는 광포한 그러나 지극히
솔직한 이야기에 대하여 믿어 줄 것을 기대하지도 않거니와 애원
하지도 않는다. 나 자신도 믿지 않을 일을 가지고 다른 사람이 믿
어 주기를 바란다면 정말 미친 짓일 것이다. 그러나 나는 미친 것
도 아니고 꿈을 꾸고 있는 것도 아니다.

내일이면 나는 죽을 몸이다. 나는 내일 영혼의 무거운 짐을 벗
어 버릴 생각이다. 나의 목적은 솔직하고 간결하게 아무 설명도
달지 않고 평범한 가정에서 일어난 일련의 사건을 세상 사람들
앞에 내놓으려는 것이다.

사건의 결과는 나를 공포에 떨게 하였고 들볶아 왔으며 마침내
파멸시키고 말았다. 그러나 나는 이들 사건에 설명을 붙이려고
하지는 않는다. — 대부분의 사람들 눈에는 이 사건이 무섭다기
보다는 기괴하게 보이겠지. 앞으로 어떤 지성인이 나타나 내 환

상을 흔해 빠진 것이라고 말하게 되는지도 모른다. ─

　나보다 더 냉정하고 논리적이고 도무지 흥분하지 않는 지성인이 있다면 내가 공포에 떨었던 이 사건에 대해 지극히 평범한 인과 관계의 연속이라고 생각할지도 모른다.

　어려서부터 나는 성질이 온순하고 인정이 많기로 유명하였다. 마음이 얼마나 유약했던지 친구들의 조롱감이 될 지경이었다. 나는 특히 동물을 좋아해서 *양친[1]이 가지각색의 동물을 사 주셨다. 나는 대부분의 시간을 동물들과 함께 보냈다. 그들에게 먹이를 주며 쓰다듬어 주는 순간처럼 즐거운 시간은 없었다.

　내가 자라면서 이런 특성도 같이 자라게 되어 어른이 되어서는 동물들에게 더욱 중요한 쾌락을 얻게 되었다. 충실하고 영리한 개에게 사랑을 품어 본 사람들은 이런 데서 오는 만족감이 어떤 성질의 것이며, 또 얼마나 강한 것인지를 애써 설명할 필요가 없을 것이다. 인간의 하찮은 우정과 *경박한[2] 성질에 시달려 본 일이 있는 사람에게는 사람의 마음을 뭉클하게 하는 그 무언가가 동물의 비이기적이며 희생적인 사랑에는 있는 것임을 알 것이다.

　나는 일찍 결혼했는데 아내에게도 나와 비슷한 성미가 있음을 알게 되어 행복했었다. 내가 집에서 기르는 귀여운 동물들을 유달리 좋아하는 것을 보고 아내는 마음에 드는 동물을 사들였다. 우리는 새, 금붕어, 개, 토끼, 작은 원숭이와 고양이들을 길렀다.

----

1 부친과 모친을 아울러 이르는 말.
2 조심성이 없고 가벼운.

이 고양이는 검은 고양이였는데, 몸집이 크고 예쁘며 놀랄 만큼 영리하였다. 아내는 미신을 믿고 있는 터라 이 고양이가 영리하다고 말하면서, 검은 고양이는 모두 마녀의 화신이라는 옛 사람들의 말을 자주 얘기했다. 아내가 이 점을 전적으로 믿고 있는 것은 아니었다. 그저 지금 문득 생각이 났기 때문에 말하는 것뿐이다.

플루토 그리스 신화에 나오는 저승의 왕

플루토 — 이것이 그 고양이의 이름이었다. — 는 내가 귀여워하는 애완동물이며 같이 뛰어놀던 친구였다. 내가 도맡아 길렀더니 집 안에서 내가 가는 곳마다 졸졸 따라다녔다. 내가 외출할 때에는 고양이가 거리까지 따라 나오는 것을 떼어 놓느라 애를 먹곤 했었다.

나와 고양이와의 우정은 이렇게 몇 년 동안 계속되었다. 그동안 내 기질과 성격은 고백하기 부끄러운 노릇이지만, 음주라는 악마 때문에 급격히 악화되었다. 나는 나날이 더 침울해지고 성급해져서 다른 사람의 감정 따위는 조금도 염두에 두지 않았다. 아내에게는 욕설을 퍼부었고 폭력을 휘두르게 되었다.

내가 귀여워하던 동물들도 물론 내 기질의 변화를 맛보게 되었다. 그들을 돌봐 주지 않는 것은 물론이고 학대까지 하였다. 토끼나 원숭이라든가 개까지도 무심코 또는 좋다고 내 곁으로 오기만 하면 학대를 하였지만, 플루토에 대해서는 그래도 학대를 좀 삼가고 있었다.

그런데 알코올 중독이 더 심해지고, 병이 점점더 악화되어 마침내 이제는 플루토에게까지 손을 대게 되었다.

어느 날 밤거리의 술집에서 잔뜩 취해 집으로 돌아오니 고양이가 나를 피하는 것 같았다. 나는 그 놈을 움켜잡았다. 그러자 그 놈은 나의 난폭한 짓에 놀라서 나를 이빨로 할퀴어 손에 가벼운 상처를 입혔다. 순간적으로 악마와 같은 분노가 치밀어 올랐다. 나는 이성을 잃었다.

악마보다 더한 악의가 전신의 모든 근육을 타고 흘렀다. 나는 조끼 주머니에서 칼을 꺼내 고양이의 목을 붙잡고 눈알 하나를 날렵하게 도려내었다. 이 저주받을 만한 폭행을 써 내려가는 동안에도 얼굴이 붉어지고 화끈거리고 몸서리가 쳐진다.

이튿날 아침 제 정신이 돌아왔을 때 나는 내가 저질러 놓은 죄악에 대해 공포와 °회한[3]이 반반 섞인 감정을 체험하였다. 그러나 그것은 미약하고 모호한 느낌뿐이었지, 내 마음은 그래도 바뀔 줄 몰랐다. 나는 폭음으로 나날을 보냈고, 내가 저지른 짓에 대한 모든 기억을 술 속에 파묻고 말았다.

그러는 동안 고양이의 상처는 차츰 회복되었다. 도려낸 눈구멍은 사실 끔찍한 모양이었지만 그 놈은 평상시대로 집안을 돌아다녔다. 그러나 내가 가까이 가면 그만 질겁을 하고 달아났다. 전에는 나를 그렇게도 따르던 동물이 이렇게 변한 것을 보며 처음에

---

3 뉘우치고 한탄함.

잔인하기 그지 없었던 짓을 저질렀던 그날 밤, 내 침실 커튼에 불이 붙었다. 그 다음 날 불탄 자리에 가 보니, 벽에는 커다란 고양이 모양을 한 것이 얇게 조각처럼 뚜렷이 나타나 있었다.

는 슬픔을 느꼈다.

 그러나 이런 감정은 이내 분노로 변해 스스로를 파멸시킬 것 같은 감정으로 솟구쳐 올랐다. 나는 이 감정에 대해 설명할 길이 없다. 다만 나는 인간에겐 영혼이 존재한다는 사실 이상으로, 이러한 감정이 인간 본성 중의 하나임을 확신한다.

 세상에는 해서는 안 된다는 것을 알면서도 몇 번이고 되풀이하여 어리석은 짓을 저지르는 사람이 얼마나 많은가? 뛰어난 분별력을 지니고 있으면서도 법률을 어기고 싶은 욕구가 늘 우리에게 있는 것은 아닐까?

 이 뒤틀려 버린 추악한 욕망이 마침내 나를 파멸로까지 이르게 했다. 이 죄 없는 동물에게 위해를 가하다 결국에는 죽이게까지 나의 감정은 극에 달했던 것이다.

 어느 날 아침, 나는 태연한 얼굴로 고양이 목에 밧줄을 씌워 나뭇가지에 매달았다. 눈물이 흘렀고 비통한 회한으로 가슴이 아팠다. 그놈이 나를 꽤 사랑하고 있었다는 것을 알고 있는 나는, 그놈이 분노를 일으킬 아무 이유도 없다는 것을 알고 있었기 때문이었다.

 이 잔인하기 그지없었던 짓을 저질렀던 그날 밤, 나는 "불이야!" 하는 소리에 잠이 깨었다. 내 침실 커튼에 불이 붙고 있었고 집은 온통 활활 타오르고 있었다. 아내와 하인과 나는 간신히 화염 속을 피해 나왔다. 모조리 파괴되었다. 전 재산을 완전히 날려 버리자 나는 절망에 몸을 던지게 되었다.

 나는 이 불이 난 것과 고양이를 죽인 일 사이에 어떤 관계가 있을 것이라고 생각할 만큼 마음이 약하지는 않다. 오직 사건의 연쇄를 자세히 설명하여 사슬의 고리 하나라도 내버려 두고 싶지 않은 것이다. 불이 난 그 다음 날 나는 불탄 자리에 가 보았다. 벽은 한쪽만 남고 모두 무너져 있었다. 그 한쪽이라는 것은 집 한가운데에 있는 그리 두껍지 않은 칸막이 방의 벽으로 내가 침대 머리를 붙여 두던 벽이었다.

이 벽의 흙이 불에 견뎌낸 것은 바른 지가 얼마 안 된 탓이라는 생각이 들었다. 이 벽 근처에 사람이 옹기종기 모여 있었는데 어떤 부분을 여러 사람이 세밀히 살펴보고 있는 것 같았다.

"이상한데! 기묘하군!"

하는 말들이 내 호기심을 끌었다. 가까이 가 보니 그 벽에 커다란 고양이 모양을 한 것이 얇게 조각처럼 뚜렷이 나타나 있었다. 나타나 있는 모양은 신기하리만치 선명했다. 심지어는 고양이 목에 걸린 밧줄까지 보였다.

맨 처음 그 모습을 보았을 때 나의 놀라움과 공포는 극에 달했다. 그러나 가만히 지난 일을 돌이켜 보고 나니 마음이 차츰 가라앉았다.

내가 기억으론 죽은 고양이를 매달아 놓은 곳은 우리 집 정원이었다. "불이야." 하는 소리에 사람들이 몰려왔을 테고, 그들 중 한 사람이 나를 깨우기 위해 나무에서 줄을 끊고 고양이 시체를 열린 창문으로 던져 넣었을 것이다. 그 후 다른 벽들이 무너지는 바람에 죽은 고양이가 새로 칠한 벽에 눌려 이런 불길한 모양이 만들어졌을 것이다.

그렇게 생각하자 양심 한 구석에는 거리낌이 남았지만 이성적으로는 충분히 상황을 이해할 수 있을 것 같았다. 그러나 그 사건이 내게 강렬한 인상을 남긴 것만은 확실했다.

여러 달 동안 나는 그 죽은 고양이의 °환상⁴을 뿌리칠 수 없었다. 그리고 그 동안에 회한 비슷한 감정이 내 마음 한 구석에서 싹트기 시작했다. 나는 고양이를 잃어버린 것이 애석하여 그 당시 자주 가던 술집 같은 데서라도 혹시 그와 같은 고양이나 좀 닮은 데가 있는 고양이가 있지 않을까 두리번거리게 되었다.

어느 날 밤 지저분하기 이를 데 없는 술집에 앉아 있으려니까 방안의 커다란 술통 위에 무엇인가 시커먼 것이 웅크리고 있는 게 눈에 띄었다.

그제야 그것이 눈에 띄었다는 것이 참으로 이상하게 여겨졌다. 나는 가까이 가서 손으로 건드려 보았다. 검은 고양이였다. 녀석은 몸집이 플루토만큼 큰데다가 하나만 빼고 모든 점에서 그 놈과 비슷했다. 플루토는 몸에 흰 털이 없었는데 이놈은 선명하진 않으나 가슴에 큼직한 흰 점이 있었다.

내가 건드리자 그 놈은 곧 일어나서 골골 소리를 내더니 내 손에 몸을 비벼대며 자기를 알아주는 것을 기뻐하는 눈치였다. 이것이야말로 내가 찾던 고양이었다. 나는 당장 주인에게 그 놈을 사겠다고 하였다. 그러나 주인은 고양이를 알지도 못하고 전에 본 일도 없으니 자기에게는 아무 권리가 없다는 것이었다.

---

4 현실적인 가능성이 없는 헛된 생각이나 공상.

나는 고양이를 계속 쓰다듬어 주었다. 집에 갈 준비를 하니 고양이도 나를 따라올 눈치를 보였다. 나는 그냥 내버려 두었다. 걸으면서도 이따금씩 허리를 굽혀 가볍게 두드려 주었다. 집에 오자마자 그 놈은 곧장 길들여져 아내에게도 당장 귀여움을 받았다.

그러나 얼마 안 되어 나는 그 고양이에게 싫증이 났다. 그것은 내가 예기치 못한 일이었다. 도대체 웬일인지 그 놈이 나를 따른다는 그 사실이 못 견디게 불쾌하고 귀찮아졌던 것이다.

이러한 염증에 대한 불쾌감은 극도의 증오로 변해 갔다. 어떤 싫은 생각이나 느낌 수치심과 전에 내가 저질렀던 잔인한 행위에 대한 기억때문에 고양이를 못살게 굴지는 않았다. 여러 주 동안 나는 그 놈을 때리지도 않았고 난폭하게 다루지도 않았다. 그러나 점차 나도 모르는 사이에 나는 이루 말할 수 없는 증오감으로 그놈을 바라보게 되었고 악취를 피하듯 고양이를 슬슬 피하게 되었다.

이 고양이에 대한 나의 증오심을 부채질한 것은 그 놈을 집에 데리고 온 다음 날 아침 플루토와 같이 그 놈도 눈 하나가 없다는 것을 발견한 일이었다. 그렇지만 인정이 많은 아내는 이러한 사실로 더욱 고양이를 측은히 여길 따름이었다.

그러나 내가 고양이를 미워하면 할수록 그놈은 더욱 성가시게 내 꽁무니를 따라다녔다. 내가 앉아 있으려면 으레 의자 밑에 쪼그리고 앉거나 무릎에 뛰어 올라 지겹게 핥거나 제 몸을 내 몸에 비비대는 것이었다.

일어나서 걸어가려고 하면 가랑이 새로 기어들어 나를 넘어뜨릴 뻔하거나 뾰족하고 긴 발톱으로 옷을 할퀴면서 가슴 언저리까지 기어오르는 것이었다. 그럴 때면 그저 한 방에 때려죽이고 싶었지만 참을 수 있었던 것은 한편으로는 내가 전에 저지른 죄가 생각나서이지만 솔직히 고백하면 고양이가 무서웠기 때문이었다.

이 공포감은 육체적 위해의 공포는 아니었지만 그래도 나는 그것을 무어라고 정의를 내리기는 곤란했다. 좀 부끄러울 정도지만 이 고양이가 내게 불어넣은 공포는 참으로 어처구니없는 어떤 망상으로 말미암아 생겨난 것이다.

이 고양이와 내가 죽인 고양이의 유일한 차이가 흰 털 반점이라는 것은 전에도 말한 바 있거니와, 아내는 가끔 그 흰 점에 나의 주의를 끌게 했다. 이 반점이 크기는 했지만 원래는 그 윤곽이 뚜렷하지 않았다는 것을 독자는 기억하고 있을 것이다.

그러나 천천히 거의 눈에 띄지 않을 정도였던 그것이 차츰 시간이 지나면서 마침내 아주 뚜렷한 윤곽을 드러냈다. 그것이 이제는 이름만 들어도 몸서리가 쳐지는 형상을 나타내고 있었다. 이 때문에 무엇보다도 나는 그놈을 미워하고 두려워해서 할 수만 있다면 이 괴물을 없애 버렸을 것이다. 그 반점은 저 소름끼치도록 무시무시한 교수대의 형상으로 되어 있었던 것이다.

그리하여 이제 나는 보통 사람이 겪을 불행의 범위를 넘어선 불행에 빠져 버렸다. 한 마리 짐승이, 지고하신 하느님께서 만들어 놓은 인간인 나에게 이렇듯 견딜 수 없는 고민을 안겨 주다니! 낮이나 밤이나 내게는 안식의 기쁨이라고는 조금도 없었다! 낮이면 고양이는 한시도 내 곁을 떠나지 않았고 밤이면 밤마다 말로

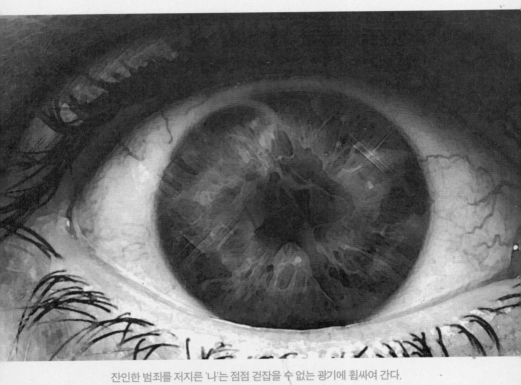

잔인한 범죄를 저지른 '나'는 점점 걷잡을 수 없는 광기에 휩싸여 간다.

표현할 수 없는 악몽에서 소스라쳐 깨어났다. 그러면 내 얼굴을 뒤덮고 있는 고양이의 뜨거운 입김이며 영원히 내 가슴을 억누르는 듯한 육중한 그 무게가 도무지 뿌리칠 수 없는 악마의 화신처럼 느껴지게 했다.

이러한 고통으로 그동안 그나마 명맥을 유지하고 있던 착한 성질이 모두 사라지고 말았다. 흉악한 생각이, 흉측하고 악독하기 그지없는 생각이, 점차 내 머리 속을 가득 채웠다. 평소의 내 침울한 기질은 점점 변해서 모든 인간에 대한 증오가 되었다. 별안간 주체할 수 없는 광란의 발작이 일어나 날뛰는 동안 아내는 언제나 불평 한 마디 없이 견뎌 주는 희생자였다.

우리는 가난해서, 할 수 없이 지은 지 오래 된 낡은 집에서 살고 있었는데, 어느 날 집안일로 아내는 나를 따라 지하실로 들어갔다. 고양이도 험한 계단을 따라 내려와 하마터면 내가 곤두박질할 뻔했다. 나는 화가 머리끝까지 치밀어 미칠 것 같았다. 나는 격분하여 어린애 같은 공포심도 잊어버리고 도끼로 고양이를 내리찍으려고 겨냥을 하였다. 마음먹은 대로 내려쳤다면 고양이는 그 자리에서 죽었을 것이다.

그런데 아내가 손으로 막는 바람에 내려치지는 못했다. 그러나 아내의 방해가 자극이 되어 악마도 당하지 못할 심한 격노에 싸여 아내의 손을 뿌리치고, 도끼로 아내의 머리를 내려쳤다. 아내는 그 자리에 푹 쓰러졌다.

이 끔찍한 살인 사건이 일어나자 나는 곧 신중하게 아내의 시신을 감추는 일에 착수했다. 낮이나 밤이나 이웃 사람들에게 들킬 염려 없이 집에서 시체를 밖으로 가지고 갈 수 없음을 나는 잘 알고 있었다. 여러 가지 계획이 머리에 떠올랐다. 한 번은 시체를 토막으로 잘라 불에 태워 버릴까도 생각하였다. 다음에는 지하실 바닥에 구멍을 파고 그 밑에 묻어 버릴까도 생각하였다.

그렇지 않으면 뜰 안에 있는 우물 속에 던져 버릴까. 아니면 상품처럼 상자에 넣어 포장한 다음 짐꾼을 불러 집밖으로 내갈까도 생각해 보았다. 그러다 결국 그 어느 것보다도 훨씬 더 낫다고 여겨지는 계획 하나를 짜냈다. 중세기 승려들이 그들이 죽인 사람을 벽 속에 넣고는 발라 버렸다는 기록처럼, 나도 시체를 지하실 벽에 넣고 발라 버리기로 한 것이다.

그렇게 하기에 지하실은 적당했다. 벽을 부실하게 쌓은 데다 전면에 굵은 벽돌로 바른 것이 공기가 습해서 아직 굳지 않고 있었다. 게다가 한쪽 벽에는 툭 나온 데가 있어 가짜 굴뚝으로 벽난로를 가리게 된 것 같으나 이미 메워져서 다른 벽과 비슷하게 되어 있었다. 이 부분의 벽돌을 떼고 시체를 넣은 다음 이전처럼 벽을 발라 버리면 누가 보더라도 감쪽같을 수 있다고 나는 생각했다.

쇠지레 무거운 물건을 움직이는 데 쓰는, 쇠로 만든 막대기.

이 계획은 조금도 어긋나지 않았다. 쇠지레로 거뜬히 벽돌을 떼고서 시체를 안쪽 벽에 기대어 감쪽같이 그 자리에 버티어 놓은 다음 별로 힘들이지 않고 먼저 있던 대로 벽 전체를 다시 쌓았다. 세심한 주의를 기울여 이전과 다름 없는 벽돌을 만들어 조심스럽게 벽돌 쌓는 일을 끝마쳤다. 일을 끝내고 나니 마음이 놓였다. 벽에 손을 댄 흔적은 조금도 보이지 않았다. 바닥에 떨어진 쓰레기는 남김없이 치워 버렸다. 득의양양하게 주위를 돌아보니 저절로 이런 말이 나왔다.

"적어도 이번은 헛수고가 아니었군."

다음으로 할 일은 이런 여러 가지 불행의 원인이 되어 온 그 고양이를 찾는 일이었다. 기어코 그 놈을 죽이기로 굳게 결심을 하였기 때문이다. 그 때 그 놈을 만날 수만 있었다면 그 놈의 운명이란 두 말할 여지도 없었을 것이다. 그러나 그 교활한 고양이는 내가 무섭게 화를 내는 바람에 내 앞에 나타나기를 꺼리는 것 같았다.

그놈은 밤에도 나타나지 않았다. 그리하여 그 놈이 집에 온 후에 처음으로 나는 아무 생각 없이 잠을 잤다. 살인죄의 무거운 부담을 느끼면서도 오랜만에 편안히 잠을 잔 것이다.

다음 날도 그 다음 날도 변함없이 지나갔건만 나를 괴롭히던 고양이는 여전히 돌아오지 않았다. 나는 다시 한 번 자유로운 인간으로서 숨을 쉬었다. 그 괴물은 공포에 질려 영원히 내 집에서 도망치고 말았구나! 그놈을 다시는 보지 못하겠지! 그야말로 나는 행복의 절정을 맛보고 있었다. 내가 저지른 범죄에 대한 죄의식도 별로 내 마음을 괴롭히지 않았다. 경찰들에게 서너 차례 심문을 받았으나 거뜬히 대답해 냈다. 집 수색까지 당했으나 아무것도 발견되지 않았다. 내 앞날의 행복은 굳게 보장된 것으로 보였다.

그런데 나흘째 되는 날 뜻밖에도 경관들이 다시 집에 몰려와서

재차 엄중한 가택 수사를 하기 시작하였다. 하지만 시체를 감춘 장소는 절대로 찾아낼 수 없을 것이라고 확신하고 나는 조금도 당황하지 않았다.

경관들은 나에게 수색 중에 자기들을 따라다니라고 말했다. 그들은 구석구석을 그냥 지나치지 않았다. 마지막으로 그들이 지하실로 내려갔다. 그렇지만 나는 끄떡도 하지 않았다. 심장은 세상 모르고 자고 있는 아이처럼 평온하게 뛰었다. 나는 지하실을 끝에서 끝까지 걸어 다녔다. 가슴에 팔짱을 낀 채 버젓이 왔다 갔다 했다. 경관들은 의심이 풀려서 나갈 준비를 했다. 가슴에 북받치는 기쁨을 참는다는 것은 나에게 너무 벅찬 일이었다. 단 한 마디 말이라도 해서 내가 죄가 없다는 것을 그들에게 재인식시키고 싶어 나는 몸이 달았다.

"여러분!"

하고 마침내 경관들이 층계를 올라갈 때 내가 말했다.

"여러분의 의심이 풀려 기쁩니다. 여러분들의 건강을 빌며 경의를 표합니다. 그런데 말입니다. 여러분, 이 집은 썩 잘 지은 집입니다. 참 잘 지은 집이라 할 수 있지요. 이 벽돌은 썩 튼튼하거든요."

그리고 허세를 부리고 싶은 미친놈의 심사에서 쥐고 있던 지팡이로 그 뒤에 사랑하는 아내의 시체가 있는 바로 그 부분의 벽돌을 쾅쾅 두드렸다. 그때였다. 지팡이 소리가 사라지자마자 어떤 소리가 들려왔다. 처음에는 짤막짤막한 것이 마치 어린애가 우는 것 같은 소리였다. 그런데 갑자기 길고 높이 연속적으로 찢어지는 듯한 소리로 변하면서, 사람 소리 같지 않은, 아주 불규칙적인 고함 소리로 지옥에서나 들을 수 있을 것 같은, 누군가의 통곡 소리로 변하였다.

그때 내 마음을 설명한다는 것은 불가능한 일이다. 나는 졸도하여 맞은편 벽으로 비틀비틀 쓰러졌다. 순간 경관들도 극도의 공포와 두려움에 싸여 층계에 꼼짝 못하고 붙어 있었다. 다음 순간 경관들이 벽을 허물어 부수고 있었다. 벽이 무너졌다. 벌써 상당히 썩어 핏덩어리가 엉겨 붙은 시체가 사람들 눈앞에 꼿꼿이 서 있었다. 그 머리 위에는 시뻘건 입을 벌리고 외눈을 크게 뜨고 있는 저 끔찍한 고양이가 앉아 있었다.

나에게 살인을 저지르게 하고 내가 잡히도록 소리를 내어 교수형 집행자에게 인도한 그 괴물의 술책에 내가 그만 빠지고 만 것이다. 나는 그 괴물을 시체와 함께 벽 속에 넣고 그냥 발라 버렸던 것이다.

에드거 앨런 포우 1809~1849

미국의 소설가이자 시인. 보스턴에서 태어나 두 살 때 어머니를 여의고, 얼마 안 가 아버지도 세상을 떠나버림으로써 앨런 가에 양자로 들어갔다. 버지니아 대학에 들어갔으나 도박으로 중퇴하는 등 평탄한 삶을 살지 못했다. 그의 작품은 우울, 공포 상황에서 인간의 본성을 잘 드러낸다는 평가를 받고 있다. 대표작으로 「어셔 가(家)의 몰락」 등이 있다.

1 이 소설에서 주인공의 심리가 시간의 흐름에 따라 어떻게 변해 가는
지 말해 보세요.

평온함 →

2 에드거 앨런 포우는 시인으로도 활동했습니다. 그가 쓴 유명한 시로
「애나벨 리, Annabel Lee」라는 작품이 있습니다. 죽은 부인을 애도하
면서 쓴 시인데, 공포소설 「검은 고양이」를 쓴 작가의 시라고는 믿어
지지 않을 만큼 아름다운 시입니다. 찾아서 읽어 보세요.

루쉰

아Q정전

감상의 길잡이

  루쉰은 「아Q정전」에서 '아Q'라는 중국의 전형적 인물을 내세워 신해혁명을 전후한 봉건사회의 몰락 과정에서 보여준 중국인의 나약성과 비굴성을 고발한다.

  아Q는 이름도 성도 없이 조씨 댁에 얹혀 살면서 집안의 허드렛일을 하는 인물이다. 그는 집도 없이 미장마을에 있는 동구 밖 사당에서 기거하고 있다. 마을 사람들은 아무도 그를 거들떠보지 않고, 아Q 또한 그들을 경멸한다. 아Q는 상대가 자기보다 약하게 보이면 두들겨 패는데, 오히려 그가 당할 때가 많다. 그러면 아Q는 그 패배를 제 마음 속의 승리로 돌리고는 만족해하곤 한다.

  아Q는 평소 무시하던 왕 털보와 이 깨물기 시합에서 지고 대들었다가 얻어맞고 조 나리 아들에게도 가짜 양놈이라며 욕을 하다 두들겨 맞는다. 장난을 몹시 즐긴 아Q는 비구니를 놀리려고 볼을 꼬집었는데, 이상한 감정에 사로잡히고 만다. 아Q가 여자를 안 것이다. 결국 이런 아Q의 변화는 조나리 댁 하녀에게 동침을 요구하다 주인에게 얻어맞고 벌금을 물고 서약까지 하게 된다. 하녀와의 사건 이후, 날품팔이까지 끊긴 아Q는 성 안으로 들어가기로 한다. 성에서 돌아온 아Q는 돈을 벌었다고 으스댄다. 그러나 점차 그것이 도둑들과 어울려 얻은 것임이 드러나고, 신해혁명당이 입성하자 아Q는 신명이 나 마을을 주름잡는다. 혁명당이 입성

했지만 변화는 없고 이른바 혁명의 선두는 그가 경멸했던 가짜 양놈이 차지한다. 조나리 댁이 폭도들에게 강도를 당하자 아Q는 폭도로 오인되어 처형되고야 만다.

아Q의 인물됨의 특징은 부정확한 현실 인식, ••자기기만적인 태도, 강자에게 굴복하고 약자에게 으스대고 고통을 떠넘기는 노예 정신, 자기만을 염려하여 이기적인 행동을 일삼는다는 것이다. 작가는 사회적 기반도 없는 날품팔이인 아Q를 내세워 신해혁명의 쓰디쓴 좌절을 맛본 중국인에게 아무리 모욕을 당해도 저항할 줄 모르고, 오히려 머릿속으로 자신의 정신적 승리를 생각하는 중국인의 모습을 그려 놓았다.

• 신해혁명 1911년에 일어난 중국의 민주주의 혁명. 쑨원을 중심으로 한 혁명파가 청조(清朝)의 타도와 공화제의 수립을 주장하며 일으킨 혁명. 서구 열강의 지지를 받은 위안스카이의 탄압에 실패로 끝나지만, 청나라를 멸망시켜 이천 년 간 지속되었던 중국의 전제정치를 막 내리게 하고, 새로운 정치 체제인 공화 정치의 기초를 이루었다는 데서 큰 의의를 찾을 수 있다.

•• 자기기만적 스스로를 속인다는 뜻으로, 자신의 신조나 양심에 벗어나는 일을 무의식 중에 행하거나 의식하면서도 강행하는 경우를 이르는 말.

제1장 머리말

내가 아Q를 위해 정전을 쓰려고 한 것은 일이 년의 일이 아니다. 그러나 막상 쓰려고 하면 자꾸 망설여지는데, 이는 내가 그 말을 후세에 전할 만한 사람이 못 되기 때문이다. 예로부터 불후의 문장으로 불후의 인물을 전해야 하는 것이고, 그래야 인물은 글에 의해 전해지고, 글은 인물에 의해 전해진다. 결국 대체 누가 누구에 의하여 전해지는가는 점점 애매해지게 되어, 마침내는 아Q를 전하려고 하는 것에 생각이 미치자 어쩐지 귀신에게 홀린 것 같은 기분마저 든다.

그런데 얼마 안 가면 사라져 버릴 이 글을 쓰기로 작정하고 정작 붓을 들고 보니 형용할 수 없는 곤란을 느낀다. 첫째는 글의 제목이다. 공자는 이름이 바르지 못하면 말이 순조롭지 못하다고 했다. 이는 각별히 주의해야 할 일이다. 전기의 이름은 아주 많다. *열전(列傳)¹, 자전(自傳)², 내전(內傳)³, 외전(外傳)⁴, 가전(家傳)⁵, 소전(小傳)⁶…… 그런데 유감스럽게도 이 모든 것이 적절하지 못하다. '열전'이라고 하자니 이 글은 여러 잘난 사람들의 전기와 함께 정사 속에 들 것이 못되고, 자전이라고 하자니 나는 아Q 자신이 아니다.

'외전'이라 하자면 '내전'은 어디 있는가? 혹 '내전'이라고 한다 해도 아Q는 결코 무슨 신선이 아니다. '별전'이라 하자니 대총통으로부터 실제로 국사관에 아Q의 본전을 편찬하라고 조서(詔書)를 내리신 적이 없다. 비록 영국 정사(正史)에 '로드니 스톤 열전'이 없으나, 문호 디킨스가 그것을 『로드니 스톤 열전』이란 책을 저술한 일이 있다. 그러나 그것은 문호이기에 가능한 일이지 나 따위로서는 어림도 없는 일이다.

다음으로는 '가전'인데, 나는 아Q와 동족인지 아닌지조차 모르며, 또한 그의 자손으로부터 부탁을 받은 적도 없다. 혹은 '소전'이라고 해도, 아Q에게는 따로 '대전'이 있는 것도 아니다. 요컨대 이 한 편은 '본전'이라고 해야 하겠으나, 문장에 대한 관점에서 볼 때 문체에 품위가 없어, 수레를 끌며 *장류⁷를 파는 장사치들이 쓰는

---

1 여러 사람의 전기를 차례로 기록한 책.
2 자신의 생애와 활동을 적은 전기.
3 인물의 생애를 사실을 근거로 적은 전기.
4 내전에 빠진 일화 등을 따로 적은 전기.
5 한 집안의 사적(事績)을 적은 기록.
6 간략하게 줄여서 쓴 전기.
7 고추장이나 된장 등.

말이므로 감히 본전이라 칭할 수 없다. 그래서 *삼교(三校) 구류(九流)[8]축에도 들지 못하는 소설가들의 이른바 '여담은 그만두고 정전으로 돌아가 이야기하면'이라는 상투적인 말 가운데서 '정전'이라는 두 글자를 취해 이름을 삼기로 했다. 비록 옛사람이 편찬한 『서법정전』의 정전이라는 글자와 혼동할 염려가 있기는 하나 거기까지 마음 쓸 수는 없다.

둘째로 전기는 보통 첫머리를 대개 '아무개는 자(字)가 무엇이고 어디 사람이다.' 라고 쓰는데, 나는 아Q의 성이 무엇인지 모른다. 한번은 그의 성이 조(趙)인 것 같았으나 다음날이면 어느새 모호해지고 만다. 그것은 조 나리의 아들이 수재에 급제했을 때의 일이다. 둥둥하는 바라 소리가 요란한 가운데 그 소식이 마을에 전해졌을 때, 마침 *황주[9] 두어 잔을 들이키고 있던 아Q는 몹시 좋아 날뛰면서 이것은 자신에게도 큰 영광이라고 했다. 왜냐하면 그는 원래 조 나리와 한 집안이며, 자세히 계보를 따지면 그는 수재보다 삼대나 웃 *항렬[10]이라는 것이다.

그러자 곁에서 듣고 있던 사람들이 오히려 엄숙해져서 경의를 표하기까지 했다. 그런데 이튿날 *지보[11]가 아Q를 조 나리네 집으로 데리고 갔다. 나리가 아Q를 보자 얼굴을 붉히며 불호령이 내렸다.

"아Q, 이 새끼야! 너 내가 너와 한집안이라고 지껄였다지?"

아Q는 입을 열지 않았다. 조 나리는 더욱 성질이 나서 앞으로 바짝 다가서서 윽박질렀다.

"네가 감히 어디다 대구 헛소릴 해! 내게 어떻게 너 같은 일가

가 있단 말이냐? 네놈 성이 조씨라고?"

아Q는 아무 말도 하지 못하고, 뒷걸음질을 치려고 했다. 조 나리가 와락 달려들어 아Q의 따귀를 후려갈겼다.

"네놈 성이 어떻게 조씨란 말이냐! 너 따위가 어떻게 조씨가 될 수 있느냐!"

아Q는 자신의 성이 틀림없이 조씨라고 한마디 항변도 하지 않았다. 그저 손으로 왼쪽 뺨을 감싸 쥐고 지보와 함께 물러 나왔다. 밖에 나와서는 또 지보에게 한바탕 훈계를 들었으며 잘못했노라고 그에게 술값 이백 잎을 물어 사죄를 하였다.

이 사실을 안 사람들은 모두 아Q가 너무 터무니없어 매를 벌었다고 했다. 그는 아마도 성이 조씨가 아니며, 설사 정말 조씨라 하더라도 조 나리가 여기 있는 한 그런 허튼소리를 해서는 안 된다고 했다.그 후부터는 다시는 어느 누구도 그의 씨족에 대해 말한 일이 없으므로 나는 끝내 아Q의 성이 도대체 무엇인지 알지 못했다.

셋째로 나는 또 아Q의 이름을 어떻게 쓰는지 모른다. 그가 살았을 때 사람들은 그를 아쿠이(阿 Quei)라고 불렀지만 죽은 뒤에는 누구 하나 다시 아쿠이(阿 Quei)를 입에 부르는 사람이 없었

---

8 삼교는 유교, 불교, 도교 구류는 반고가 지은 『한서(漢書)』에 분류된 한문사상의 유파를 말함.

9 중국 술. 누룩과 차조 또는 찰수수 따위를 원료로 하여 만든 담갈색 또는 흑갈색의 술.

10 같은 혈족의 직계에서 갈라져 나간 계통 사이의 대수 관계를 나타내는 말.

11 청조와 중화민국 초기에 지방에서 관청을 위해 부역을 과하거나 재물 징발 등을 맡아 보던 사람.

다. '죽백에 기록하여 후세에 남길' 일이 어찌 있을 수 있겠는가.

<u>역사에 기록하여</u>

만약 '죽백에 기록함' 을 논하자면, 이 문장이 처음인 셈인데, 그래서 먼저 첫 난관에 부닥친 것이다. 내가 일찍이 골똘히 생각해 보았다. 아쿠이(阿 Quei)는 아구이(阿桂 gui)일까 아니면 아구이(阿貴 gui)일까? 만일 그의 별호가 월정(月亭)이라거나, 혹은 생일이 8월이라면 분명 아구이(阿桂 gui) 일 것이다. 그러나 그에게는 호가 없을 뿐 만 아니라 호가 있었는지 모르지만 다만 그것을 아는 이는 없다. 생일날 축사를 받기 위해 청첩장을 돌린 일도 없으니, 아구이로 쓰는 것은 말이 안 된다. 만약 그에게 형님이나 아우라도 있어서 아푸(阿富 fu)라고 불렀다면 그의 이름은 틀림없이 아구이(阿貴 gui)겠지만, 그러나 그는 외톨이었으니 아구이(阿貴 gui)라 쓰는 것도 근거가 없다. 그 밖에 Quei라고 읽는 낯선 글자가 있기는 하나 더더욱 어울리지 않는다.

신청년(新靑年) 중국 현대 문학잡지.

전에 나는 조 나리의 아들인 무재 선생에게 물어본 적이 있는데, 그렇게 박식한 분까지도 막연해할 줄은 몰랐다. 그의 결론은 진독수가 잡지 「신청년」을 발행하여 서양 문자를 쓰자는 주장을 내세운 바람에 우리 문화의 정수가 사라져 조사할 수 없다는 것이다.

나의 마지막 방법은 같은 고향 사람에게 아Q의 범죄 조서를 조사해 달라고 부탁하는 것이었다. 8개월 후에야 겨우 답장이 오기는 했지만 조서에는 아쿠이라는 이름과 비슷한 사

람이 전혀 없었다. 정말 없는지 아니면 조사를 하지 않았는지 알
수 없지만 하여튼 그 이상 별다른 방법이 없었다. °주음 자모[12]는
아직 일반적으로 통용되지 않은 것 같으니, 부득이 서양 문자를
써서 영국식 알파벳으로 그를 아 Quei라고 쓰고, 이것을 줄여서
아Q로 할 수 밖에 없었다. 이는 「신청년」을 맹종하는 것 같아서
자신도 내키지 않지만 무재 선생조차 모르는 것을 난들 무슨 좋
은 수가 있겠는가.

넷째로는 아Q의 본적이다. 만일 그의 성이 조라면, 요즘 장안
의 명문이라고 말하기 좋아하는 전례에 따라 『군명백가성』이라
는 책의 주해대로 농서천수이(籠西天水人)이라고 할 수 있을 것
<small>뜻을 알기 쉽게 풀이함</small>
이다. 그러나 유감스럽게도 이 성은 그다지 믿을 만한 것이 못 되
므로 본적도 좀처럼 결정하기가 힘들다. 그는 미장(未莊)마을에
서 오래 살기는 했으나 때때로 다른 곳에 가서 살기도 했으므로
미장마을 사람이라고 할 수도 없다. 만일 그를 미장마을 사람이
라고 한다면 사법에서 어긋나는 것이다.

그래도 내가 다소 위안으로 삼을 수 있는 것은 '아(阿)'자만은
매우 정확하여, 억지로 갖다 붙인 거나 빌려 쓴 약점이 전혀 없다
는 것이다. 사리에 정통한 사람에게 보여도 떳떳하다는 점이다.
그 밖의 점에 대해서는 배운 것이 적은 나로서는 규명할 바가
없다. 다만 °역사벽[13]과 고증벽'이 있는 호적지 선생의 제자들이
<small>일의 이치</small>

---

12 1913년에 중국 정부가 제정한 39개의 표준 발음.
13 역사 탐구에 미친 사람.

장차 혹 새로운 단서를 많이 찾아낼 수도 있다는 기대를 걸고 있으나, 그때가 되면 나의 이 아Q정전은 이미 사라지고 없을지도 모른다. 이상으로 서문을 대신한다.

제2장 승리의 기록

아Q는 그 이름과 본적이 좀 애매할 뿐만 아니라, 그의 이전의 행적마저도 모호하다. 왜냐하면 미장마을 사람들과 아Q와의 관계는 다만 그에게 일손을 빌거나 그를 놀림거리로 삼는 데만 그쳤고, 그의 행장에 대해서는 아무도 관심을 갖지 않았기 때문이다. 그런데다 아Q 자신도 말하지 않았으며, 다만 다른 사람과 입씨름을 할 때 간혹 눈을 부릅뜨고 떠들어 댔다.

"우린 그전에 네깐 놈보다는 훨씬 잘살았어! 네깐 놈이 다 뭐야!"

아Q는 집이 없다. 그는 미장마을의 토지 사당(祠堂) 안에서 살
<small>조상의 위패를 모셔 놓은 집</small>
면서 일정한 직업 없이 그저 남의 집 날품팔이를 했다. 보리 베기면 보리 베기, 쌀을 찧기면 쌀 찧기, 배 젓기면 배를 저었다. 일이 좀 오래 걸리면 임시로 주인집에서 묵기도 했지만 일이 끝나면 곧 떠났다. 그래서 사람들은 바쁠 때면 아Q를 생각했는데, 하지만 생각하는 것은 일을 시키기 위한 것이지 결코 그의 행적을 생각해서가 아니었다. 일이 한가해지면 아Q를 어느새 잊어버리니 그의 행적에 대한 것은 더 말할 나위가 없다.

어느 때인가, 한 늙은이가

"아Q는 일을 참 잘 해!"

하고 그를 치켜세웠다. 이때 아Q는 웃통을 벗은 채로 시큰둥하게 깡마른 모습으로 노인 앞에 서 있었다. 다른 사람들은 이 말이 과연 진심에서 나온 것인지 놀려 대는 것인지 종잡지 못했으나 하지만 아Q는 무척 좋아했다.

아Q 는 자존심이 아주 세어서 모든 미장마을 사람쯤은 누구도 안중에 없었다. 심지어는 두 *문동[14]에 대해서도 별 수 없다고 여기는 기색이었다.

무릇 문동이란 장차 수재가 될지도 모르는 일이다. 조 나리와 전 나리가 마을 사람들에게 그토록 존경을 받는 것은 단지 돈이 많아서가 아니라 그들이 문동의 아버지이기 때문이다. 그런데 아Q만은 정신적으로 유독 그들에게 유별난 존경심을 나타내지 않았으며, 자기 아들이라면 더 잘났을 것이라고 생각했다! 게다가 성안에 몇 번 다녀오고 나서는 아Q는 자연 자부심이 더 강해졌다.

그러면서도 한편 그는 성안 사람들을 몹시 경멸했다. 가령 길이 1m 너비 10cm의 널판으로 만든 걸상을 미장마을에서는 '긴 걸상'이라고 하고, 자신도 '긴 걸상'이라고 부르건만, 성안 사람들은 '쪽걸상'이라 부르는 것에 대해 아Q는 잘못된 것이며 가소로운 것이라 여겼다. 또 미장마을에서는 대구를 지질 때도 1.6cm 정도 길이의 파를 얹었는데, 성내에서는 실처럼 가늘게 썬 파를 얹는 것에 대해서도 잘못된 것이라고 우습게 생각했다. 그러면서도 그

---

14 과거시대 공부하던 학생.

는 미장마을 사람들은 정말 세상 물정을 모르는 가소로운 *시골 뜨기15들로 성안에서 생선 지지는 것조차 보지 못했다고 생각했다.

아Q가 예전에는 잘 살았고 견식이 높고 게다가 일을 참 잘한다고 하는 것으로 봐서 본시 그는 거의 완벽한 인물이었다. 하지만 애석하게도 그에게는 체질상 약간의 결점이 있었다. 그를 가장 괴롭히는 것은 그의 머리에 언제 생겼는지 모르는 여러 군데의 부스럼 자국이다. 이것은 물론 그의 몸에 생긴 것이지만 아Q 자신도 그리 자랑으로 여기지 않는 듯했다. 그래서 그는 *'라이'16라든가 그 발음이 '라이'와 비슷한 일체의 소리를 꺼려했으며, 나중에는 그 범위가 넓어져서 '빛나는 것'이나 '환한 것'도 꺼렸다. 더 나중에는 '등잔'이나 '양초'라는 말까지도 꺼려했다.

일부러 그랬건 무심코 그랬건 간에 그것을 어기는 사람이 있으면 아Q는 부스럼이 난 민대머리가 온통 빨개지도록 성을 냈다. 상대를 재서 말발이 약하다 싶으면 그에게 욕을 퍼부었고, 기운이 약하다 싶으면 두들겨 팼다. 그러나 어찌된 일인지 그래도 아Q가 손해를 볼 때가 많았다. 그래서 그는 차츰 점점 방향을 바꿔 대개 성난 눈으로 노려보기로 하였다.

그런데 뜻밖에도 아Q가 노려보기 주의를 채택한 뒤로 미장마을의 건달들은 그를 더욱 놀려 댔다. 보기만 하면 그들은 짐짓 놀란 체하며 이렇게 말했다.

"허, 환해지는 구나."

그러면 아Q는 영락없이 화를 내면서 성난 눈으로 노려봤다.

"맞아, 여기 안전등이 있었구먼!"

그들은 조금도 두려워하지 않았다. 할 수 없이 아Q는 다른 보복의 말을 생각해 내는 수밖에 없었다.

"네깐 놈에겐 무슨······."

이때 아Q는 자기 머리 위에 있는 것은 고귀하고 영광스러운 것이지 결코 흔히 있는 흠집이 아닌 것처럼 말했다. 그러나 위에서 말한 바와 같이 아Q는 견식이 있는 자인지라 그는 자기가 '꺼리는 것'과 좀 °저촉[17]된다는 것을 이내 깨닫고 더이상은 말을 꺼내지 않았다.

건달들은 그것도 모자라서 그저 약을 올리며 마침내는 두들겨 패기까지 했다. 아Q는 형식상으로는 졌다. 건달들은 누런 변발을 움켜쥐고 담벼락에 소리가 나도록 너댓 번 머리를 쾅쾅 처박았다. 건달들은 그제야 겨우 이겼노라고 흡족해하며 가버렸다. 그러나 아Q는 잠시

변발 몽골인이나 만주인의 풍습. 남자의 머리를 뒷부분만 남기고 나머지 부분을 깎아 뒤로 길게 땋아 늘인 머리.

서서 마음속으로 생각했다. '아들놈에게 얻어맞은 셈이야, 요즘 세상은 말세라니까······.' 그러고는 흡족해하며 의기양양하게 가버렸다.

아Q는 속으로 생각하는 것을 뒤에 가서는 입 밖에 내어 말해

---

15 견문이 좁은 시골 사람을 낮잡아 이르는 말.

16 부스럼으로 생긴 대머리.

17 어떤 일에 위반됨.

버렸기 때문에 아Q를 놀려 대는 사람들은 거의 전부가 그에게 이러한 '정신적 승리법'이 있다는 것을 알게 되었다. 그 뒤로는 그의 누런 변발을 낚아 챌 때에 건달들은 먼저 그에게 말했다.

일종의 자기 위안법

"아Q, 이것은 자식이 애비를 때리는 것이 아니라, 사람이 짐승을 때리는 거야. 직접 말해봐, 사람이 짐승을 때리는 거라고!"

아Q는 양손으로 자기의 머리채를 움켜쥐고는 고개를 옆으로 돌리며 소리쳤다.

"버러지를 때리는 거야, 됐지? 나는 버러지야. 아 놔줘?"

그러나 비록 버러지라고 해도 건달들은 좀처럼 그를 놓아 주지 않고, 여전히 아무데나 가까운 곳으로 끌고 가서 대여섯 번 쾅쾅 그의 머리를 짓찧어 놓고는 비로소 흡족해하며 으스대며 가버렸다. 그는 이번에는 아Q가 혼구멍이 났을 거라고 생각했다.

그러나 십 초도 안 되어 아Q도 흡족해하며 의기양양하게 가 버렸다. 그는 자신이야말로 스스로 업신여기고 낮추는 데는 제일이라고 생각했다.

'스스로 업신여기고 낮추는'이란 말을 빼면 남는 것은 '제일이다'란 말이다. °장원[18]도 '제일이다'란 말 아닌가? 네 놈들이 다 뭐야!?'

아Q는 이와 같은 °묘법[19]으로써 원수를 물리친 후, 유쾌하게 술집으로 달려가 몇 잔 술을 들이키고는 다른 사람들과 한바탕 실없는 소리를 하거나 말다툼을 했다. 그러고는 의기양양하게 유쾌한 기분으로 사당으로 돌아와 벌렁 드러누워 잠들어 버렸다.

만일 돈이 있으면 그는 도박을 하러 갔다. 한 무리 사람들이 땅바닥에 쭈그리고 앉아 있고, 아Q는 땀을 뻘뻘 흘리며 이들 틈에 끼어 있는데, 목소리는 그가 제일 컸다.

"청룡에 4백."

"자……연다!"

물주가 뚜껑을 열고서 얼굴에 땀을 뻘뻘 흘리며 노래를 뽑았다.

"천문이다…… 각은 트고 인과 천당은 죽어! 아Q의 돈은 내가 먹었다!"

"천당에 백 …… 백오십."

아Q의 돈은 이와 같은 노랫소리 속에서 얼굴이 땀투성이가 된 다른 사람의 허리춤으로 점점 흘러들어 갔다.

마침내 그는 어쩔 수 없이 사람들 틈을 헤집고 나와 뒷전에 서서 남의 승부에 애를 태우며 판이 끝날 때까지 구경했다. 그러고는 미련을 못 버리고 사당으로 돌아갔다. 이튿날에는 눈이 퉁퉁 부어 일하러 갔다.

그런데 참으로 [*]'인간사 새옹지마'[20] 라는 옛말이 있듯이 아Q는 불행히 한번 이긴 것 말고는 거의 낭패를 보았다.

미장마을에서 치성제를 드리는 날 밤이었다. 그날 밤도 여느 때처럼 극놀이를 했고, 무대 곁에서는 역시 많은 노름판이 벌어졌다. 극놀이의 꽹과리와 북소리는 아Q의 귀에는 마치 십리 밖에

신에게 제사

---

18 과거시험에 수석으로 급제한 사람.

19 말을 일부러 재미있게 표현하는 일.

20 사람의 길흉화복은 알 수 없다는 뜻.

서 나는 것 같았다. 그에게는 다만 물주가 부르는 노랫소리만 들릴 뿐이었다. 그는 따고 또 땄다. 동전은 소은화가 되고, 소은화는 일 원짜리 은화가 되고, 일 원짜리 은화는 쌓이고 또 쌓였다. 그는 아주 신바람이 났다.

"천문에 두 냥."

그는 누가 무엇 때문에 싸우기 시작했는지 알지 못했다. 욕하는 소리, 두들겨 패는 소리, 발자국 소리에 머리가 한동안 멍해졌다.

그는 겨우 일어났는데 노름판은 보이지 않았고 사람들도 보이지 않았다. 몸이 군데군데 몹시 쑤시고 아픈 것 같았다. 아마도 주먹으로 얻어맞고 발길로 채인 것만 같았다. 몇몇 사람들이 괴이하다는 듯이 그를 쳐다보았다.

어리벙벙한 것이 무엇을 잃은 것만 같은 그는, 사당으로 돌아와 정신을 차리고서야 자기의 은화 무더기가 보이지 않는 것을 알았다. 하지만 치성제에 모여든 노름꾼들 태반이 본바닥 사람이 아닌데 어디 가서 찾는단 말인가?

희고 흰 번쩍번쩍한 은화 무더기! 그것은 그의 것이었건만 지금은 보이지 않는다! 아들놈이 가져간 셈 치자고 해도 마음을 가라앉힐 수가 없었다. 나는 버러지다라고 크게 소리쳐 보았으나 그것도 신통치 않았다. 이번에는 그도 실패의 쓴맛을 좀 보았다.

그러나 그는 패배를 곧 승리로 바꾸었다. 그는 오른손을 들어 힘껏 자기 뺨을 두세 차례 연거푸 때렸다. 얼얼한게 좀 아팠다. 제

집도 없이 미장마을에서 허드렛일을 하며 살아가는 아Q를 통해 자신의 정신적 승리
만 생각하는 당시 중국인의 모습을 엿볼 수 있다.

빰을 때리고 나니 마음이 편해지고 기분이 누그러지는 것 같았다. 마치 때린 사람이 자기이고 맞은 사람은 다른 자기라 느꼈다. 좀 지나자 자기가 다른 사람을 때린 것 같아서 — 비록 아직 좀 얼얼했지만 — 흡족한 마음으로 승리에 취해 자리에 누워 잠이 들었다.

제3장 승리의 기록(속편)

아Q는 이렇게 늘 승리했지만 그래도 조 나리에게 따귀를 얻어맞은 뒤로 비로소 유명해졌다.

그는 지보에게 술값으로 이백 닢을 주고는 열 받아서 누워 다시 생각했다.

"요즘 세상은 정말 말세야, 자식이 애비를 치다니……."

그리고는 문득 조 나리의 위풍이 떠올랐는데, 지금으로선 곧 그의 아들이라고 생각하니 점점 신이 나서, 벌떡 일어나 '젊은 과부 성묘하러 가네'라는 노래를 흥얼거리며 술집으로 갔다. 이때 그는 또 조 나리가 다른 사람들보다 한 등급 높게 보였다.

기묘하게도 그 뒤로 과연 사람들이 자기를 각별히 존경하는 것만 같았다. 아Q로서는 자기가 조 나리의 아비이기 때문에 그럴 것이라 여겼지만 사실은 그렇지가 않았다. 미장마을의 관례로 보면 아치(阿七 qi)가 아바(阿八 pa)를 때렸다거나 이 아무개가 장 아무개를 때리건 그리 문제가 되지 않았다. 입방아에 오르내리려면 이름이 있는 사람과 관련이 있어야만 한다. 때린 사람이 워낙 유명하니 얻어맞은 사람도 그 덕으로 유명해진다. 잘못이 아Q에게 있다면 더 말할 여지가 없다. 왜 그럴까? 조 나리에게는 잘못이 있을 수 없기 때문이다.

그렇다면 그에게 잘못이 있는데도 어째서 모두 그를 각별히 존경하는 것만 같을까? 이는 어려운 문제이다. 따지고 들어가 보면 아Q가 조 나리와 한집안이라고 해서 비록 그가 얻어맞기는 했으나, 사람들은 그게 정말이 아닐까 하고 두려워하여 좀 존경해 주는 것이 상책이라고 여기는 듯하다. 그렇지 않으면 공자묘에 제물로 바친 소처럼 비록 돼지나 양과 같은 짐승이지만 성인(聖人)이 젓가락을 댔기 때문에 선비들이 감히 함부로 하지 못하는 것과 같은 이치이다.

이때부터 아Q는 여러 해 동안 우쭐대고 다녔다.

어느 해 봄, 그는 술이 얼큰하여 거리를 걷다가, 양지바른 담장 밑에서 왕 털보가 웃통을 벗고 이를 잡고 있는 것을 보고, 별안간 그는 자기 몸도 근질거리기 시작했다. 이 부스럼투성이에다가 털보인 왕씨를 다른 사람들이 모두 부스럼장이 왕 털보라고 불렀다.

아Q는 그를 아주 깔보았다. 아Q의 생각에는 그의 부스럼 자국은 별로 이상한 게 아니나, 왕 털보의 수염만은 정말 괴상하기 짝이 없어 눈꼴사납다는 것이었다. 그는 곁에 가 나란히 앉았다. 만일 다른 건달들이라면 감히 마음 놓고 가 앉지 못했을 것이다. 하지만 왕 털보 곁이라면 뭐가 무서울 게 있겠는가? 솔직히 말해 아Q가 그의 곁에 앉아 줬다는 사실은 그래도 왕 털보의 위상을 올려 준 셈이 되는 것이다.

아Q도 해진 누더기 겹옷을 벗어 뒤집어서 살펴보았다. 갓 빨아서 그런지 아니면 대충 봐서 그런지 한참만에야 겨우 서너 마리밖에 이를 잡지 못했다. 그런데 왕 털보를 보니 한 마리 또 한 마리, 두 마리, 또 세 마리씩 잡아서 입 안에 넣고는, 툭! 툭! 하는 소리를 내며 깨물고 있었다.

아Q는 처음에는 실망했다가 급기야 약이 올랐다. 자기가 깔보는 왕 털보도 저렇게 이가 많은데 자기는 이렇게 적다니, 얼마나 체면을 구기는 노릇인가!

그는 한두 마리 큰 놈을 찾아내려고 애썼으나 끝내 찾지 못했다. 어쩌다가 겨우 중치 한 마리를 잡자 성이 나서 두툼한 입술 안으로 밀어 넣어 죽어라고 깨물었다. 그러나 그저 픽! 소리가 날뿐 왕 털보가 내는 소리와는 비교도 안 되었다.

아Q는 부스럼 자국까지 온통 붉혀 가며 옷을 땅바닥에 내팽개치고는 침을 칵 뱉고 욕을 해댔다.

"이 털 버러지야!"

"이 땜통 개새끼, 누구한테 욕해?"

왕 털보가 깔보듯 눈을 치켜뜨며 말했다. 아Q는 근래 사람들에게 비교적 존경받고 또 자기도 한껏 거들먹거리기는 했지만, 사람 패는 걸 일삼는 건달들을 만나면 그냥 겁이 났다. 하지만 이번에는 아주 용감해졌다. 이따위 털보 새끼가 함부로 주둥이를 놀려?

"누구냐고? 몰라서 물어?"

그는 일어서서, 양손을 허리춤에 대고 말했다.

"맞고 싶어 근질근질 하냐?"

왕 털보도 일어나 옷을 걸치며 말했다.

아Q는 그가 도망치는 줄 알고 얼른 주먹 한 방 날렸다. 그러나 주먹이 상대의 몸에 닿기도 전에 왕 털보에게 잡히고 말았다. 털보는 아Q의 머리채를 잡아 담벼락으로 끌고 가 머리를 짓찧으려고 했다.

"군자는 말로 하지 폭력을 행사하지 않는 거야!"

아Q가 고개를 비틀며 말했다.

왕 털보는 군자가 아닌 듯 아Q의 말에 아랑곳하지 않고, 그의 머리를 연이어 댓 번 짓찧었다. 그런 뒤 아Q를 힘껏 밀어 던져 아Q가 2m정도 멀리 나가떨어지는 걸 보고서야 겨우 흡족해하며 가 버렸다.

아Q의 기억으로 이것은 아마 난생 처음 겪는 굴욕일 것이다. 왕 털보는 털보라는 결점이 있었기 때문에 여태 그에게 경멸당하면 경멸당했지 이제까지 그를 놀리지는 못했다. 더구나 손찌검을 당함에 있어서 더욱 말할 필요가 없는 것이다. 그가 지금 손찌검을 했다는 것은 정말 뜻밖이다. 설마 항간에 떠도는 말처럼 황제가 이미 과거제를 폐지하여 수재와 거인이 필요 없게 되자, 조씨네 집 위풍도 땅에 떨어지고, 따라서 그들이 아Q를 업신여기는 것이란 말인가?

아Q는 어찌할 바를 몰라 서 있었다.

멀리서 누가 이리로 걸어왔다. 아Q의 적수가 또 나타났다. 이

자도 역시 아Q가 가장 싫어하는 사람 중의 하나인 전 나리의 맏아들이었다. 그는 전에 성안에 들어가 서양 학교에 다녔는데, 어찌 된 셈인지 일본에 건너갔다가 반년 후에 집에 돌아왔을 때는 걸음걸이도 곧바로 걷고 변발도 보이지 않았다. 그의 어머니는 열 몇 번이나 울며 법석을 떨었고, 그의 여편네는 세 번이나 우물에 뛰어들었다. 그 후 그의 어머니는 어디를 가나 넋두리를 했다.

<u>걸음걸이</u>
팔자걸음이 아니라는 뜻

"그 애의 변발은 나쁜 놈이 그 애에게 술을 퍼 먹여 취하게 해 놓고 자른 거라우. 본래 큰 벼슬을 할 수 있었는데 이젠 별 수 없으니 머리가 자랄 때까지 기다리는 수밖에요."

그러나 아Q는 그 말을 믿지 않고 그를 '가짜 양놈'이라고 했다. 또 '외국과 내통하는 놈'이라고도 했다. 아Q는 그를 보기만 하면 속으로 몰래 욕을 해댔다.

아Q가 더욱이 '극도로 혐오하고 미워하는' 것은 그의 °가짜 변발21이다. 변발이 가짜라는 것은 바로 사람 노릇을 할 자격이 없다는 것을 뜻하는 것이고, 그놈의 여편네가 네 번째로 우물에 뛰어 들지 않은 것을 보면 좋은 여자라고는 볼 수 없다. 바로 그 '가짜 양놈'이 가까이 온 것이다.

"이 대머리, 개새끼."

아Q는 여태껏 속으로만 욕했지 입 밖에 낸 적 없었는데, 이번에는 마침 골이 단단히 난데다가 화풀이를 하고 싶은 터라 엉겁결에 말이 튀어 나왔다.

뜻하지 않게도 이 대머리는 누런 칠을 한 지팡이 — 바로 아Q

가 말하는 상제 지팡이 — 를 들고 성큼성큼 다가왔다. 아Q는 그 순간 그놈이 자기를 때릴 거라고 생각하고 잽싸게 온몸을 움츠리고 어깨를 솟구친 채 기다렸다. 과연 딱 소리가 났는데, 분명 자기 머리에 맞은 것 같았다.

"난 쟤한테 욕한 건데."

아Q는 가까이 있는 한 아이를 가리키며 변명했다.

"딱! 따딱!"

아Q의 기억으로 이것은 아마 난생 두 번째 겪는 수모인 것이다. 다행이 따딱 소리가 난 뒤에는 그에게는 한 사건이 일단락된 것 같아서 기분이 오히려 가뿐해졌다. 또한 조상에게서 물려받은 '망각'이라는 보물이 효력을 나타냈다. 천천히 걸어서 술집 앞에 이르자 벌써 기분이 유쾌해졌다.

그런데 맞은편에서 정수암에 있는 젊은 여승이 걸어오고 있었다. 평소에도 아Q는 그녀를 보면 반드시 침을 뱉고 욕을 퍼부었는데, 하물며 방금 전 수모를 당한 후임에랴? 그는 기억이 되살아나고 적개심이 불타올랐다.

'오늘 왜 이렇게 재수가 없나 했더니 역시 너를 만나려고 그랬구나!'

하고 그는 생각했다. 그는 앞을 막아서며 큰 소리로 침을 뱉었다.

"칵! 퉷!"

젊은 여승은 아랑곳하지 않고 머리를 숙인 채 걸어가기만 했

---

21 변발이 없으면 청나라에서 관리가 될 수 없어, 가짜 변발을 붙이고 다님.

다. 아Q는 그 여인 곁으로 가서 불쑥 손을 내밀어 막 깎은 그녀의 머리를 쓰다듬고 낄낄 웃으며 말했다.

"까까머리야! 어서 돌아가라. 중놈이 널 기다리고 있어."

"네가 왜 집적대는 거야!"

여승은 얼굴이 온통 새빨개져서 종알거리며 잽싸게 걸어갔다. 술집에 있던 사람들이 와 웃음을 터트렸다. 아Q는 자신의 위업에 고무되어 더욱 신이 났다.

"중놈도 껄떡대는데, 나는 왜 안 되냐?"

그는 그녀의 뺨을 꼬집어 뜯었다.

술집에 있던 사람들이 크게 웃었다. 더욱 우쭐해진 아Q는 구경꾼들을 만족시켜 줄 요량으로 다시 힘껏 꼬집어 뜯고 나서야 겨우 손을 떼었다.

이번 싸움으로 아Q는 왕 털보와 가짜 양놈을 일찌감치 잊었다. 마치 오늘 하루의 모든 '액운'에 대해 보복한 것 같았다. 게다가 이상하게도 따딱 소리가 나게 얻어맞은 때보다 몸이 더 가뿐하여 둥실둥실 날아갈 것만 같았다.

"이 씨도 못 받을 아Q 놈아!"

멀리서 젊은 여승의 울음 섞인 목소리가 들려왔다.

"하하하!"

아Q는 아주 우쭐대며 웃었다.

"하하하!"

술집에 있던 사람들도 신이 나서 실컷 웃었다.

누군가가 말했다. 어떤 사람은 그 적수가 호랑이나 매 같아야 비로소 이긴 자로서의 승리의 환희를 느낄 수 있다. 만일 적수가 양이나 병아리 같다면 그는 오히려 승리의 싱거움만 느끼는 것이다.

또 어떤 승리자는 모든 것을 이겨 낸 뒤 죽는 놈은 죽고 항복할 놈은 항복하며 '신이 황공하게도 죽을 죄를 지었나이다.'하는 꼴을 보게 되면 그에게는 적수도 없어지고, 상대할 자도 없어지고, 벗도 없어져 자기만이 꼭대기에 앉아 홀로 고독하며 처량하고 적막하여 오히려 승리의 비애를 느끼게 되는 것이다.

그러나 우리의 아Q는 그렇게 덜떨어지지 않아서 영원히 득의양양하다. 이것은 아마 중국의 정신 문명이 온 세계에서 제일간다는 하나의 증거일지도 모른다.

보라, 그는 훨훨 떠서 마치 날아갈 것 같지 않은가!

그런데 이번 승리는 그로 하여금 좀 이상한 느낌을 갖게 했다. 반나절이나 훌훌 떠다니다가 사당으로 들어왔다. 그전 같으면 드러눕자마자 곧 코를 골았을 것이다. 그런데 어찌된 영문인지 이날 밤 그는 좀처럼 눈을 붙일 수가 없었다. 그는 엄지손가락과 집게손가락이 이상하다는 느낌이 들었다. 다른 때 보다 좀 미끈둥한 것 같다. 젊은 여승의 볼에서 무슨 매끈한 것이 자신의 손가락에 묻었는지, 아니면 자신의 손가락을 젊은 여승의 볼에 문대서 그런 건지?

'씨도 못 받을 아Q 놈아!'

아Q의 귀에 그녀의 말이 들려왔다. 그는 생각했다. 맞아, 계집이 하나 있어야 해. 자손이 끊어지면 밥 한 그릇 떠놓을 놈이 없게 되니…… 아무래도 계집이 꼭 하나 있어야 해. 무릇 '세 가지 불효가 있으니, 그중 후손이 없는 것이 가장 큰 불효'라고 했다. 이는 '약오 씨의 귀신이 굶주린다.'는 말과 같이 인생의 가장 큰 슬픔이다. 그러므로 그의 이런 생각은 사실 모두 성현의 가르침에 들어맞는 것이다. 하지만 유감스럽게도 나중에 그 어수선한 마음을 걷잡을 수가 없게 되었다.

"여자, 여자!"

그는 생각했다.

"……중놈도 집적거리는데…… 여자, 여자…… 여자!"

그는 또 생각했다.

우리들은 그날 밤 아Q가 언제부터 코를 골기 시작했는지 알지 못한다. 하지만 그때부터 그는 손가락 끝이 좀 미끈거리는 것을 느꼈고, 그래서 그때부터 마음이 들떠서 여자만 생각했다. 이 한 가지 일로도 우리는 여자란 사람을 해치는 존재임을 알 수 있다.

중국의 사나이들은 본래 거의가 성현이 될 수 있었는데, 안타깝게도 모두 여자 때문에 신세를 망쳤다. °상나라는 달기 때문에 망했고[22], 주나라는 포사 때문에 망했으며, 진 나라는…… 비록 역사에는 기록되지 않았지만, 역시 여자 때문이라 가정해도 별반 틀리지 않을 것이며, 동탁은 확실히 초선에게 살해되었다.

아Q는 본래 바른 사람이었다. 우리는 그가 어느 이름난 스승에게 가르침을 받았는지 모르지만 그는 '남녀유별'에 대해 지금까지 아주 엄격했고, 또 젊은 여승이나 가짜 양놈 따위의 이단자를 배척할 기개도 충분히 지니고 있었다. 그의 학설에 의하면 무릇 여승은 반드시 중놈과 사통하고, 일개 여자가 바깥을 싸돌아다니는 것은 반드시 바람둥이를 꾀려는 것이며, 사내와 계집이 속닥거리는 것은 반드시 무슨 수작이 있다는 것이었다. 아Q는 그들을 응징하기 위해 종종 눈을 부릅뜨고, 혹은 큰소리로 몇 마디 욕설을 퍼부어 나쁜 속마음을 꾸짖거나, 혹은 후미진 곳이라면 뒤에서 돌을 집어던지기도 했다.

그런 그가 나이 삼십이 다 되어 드디어 젊은 여승 때문에 넋이 나갈 줄이야 누가 알았으랴. 예교상(禮敎上)으로 볼 때 있을 수 없는 일이다. 그러므로 여자는 참으로 가증스러운 것이다. 만약 젊은 여승의 볼이 매끈하지 않았다면 아Q는 홀리지 않았을 것이며. 또 만약에 젊은 여승의 얼굴에 한 겹 천을 걸치기만 했어도 아Q는 홀리지 않았을 것이다. 오륙 년 전 그는 무대 아래 사람들 틈에서 한 여인의 넓적다리를 꼬집은 적이 있었는데, 그 때는 바지 위로 꼬집어 그렇게 야릇하지 않았다. 젊은 여승에 대해서는 그렇지 않았으니, 이것만으로도 이단의 가증스러움을 알 수 있겠다.

"여자……."

아Q는 생각에 잠겼다. 그는 틀림없이 바람둥이를 꾀러 다니는

---

22 상나라의 주왕이 달기라는 왕비를 총애하고, 포악한 정치를 하여 망했음.

것으로 보이는 계집을 늘 눈 여겨 보았으나 그녀들은 자기를 보고 한 번도 추파를 던지지도 않았고, 그는 그에게 수작을 건네는 여자들에 대해서는 유심히 귀를 기울였으나 그녀들은 무슨 꿍꿍이를 피울 이야기는 절대 하지 않았다. 아, 이 역시 계집년들의 가증스러운 한 대목이다. 그녀들은 모두 품행이 착실한 척 내숭 떤다.

그날 아Q는 조 나리네 집에서 진종일 쌀을 찧었고, 저녁을 먹은 뒤 부엌에 앉아 잎담배를 피웠다. 다른 집 같으면 저녁을 먹은 뒤돌아 갈 것이지만, 조 나리 댁은 저녁밥이 일렀다. 평소 등불을 못 켜게 하는 까닭에 밥상을 물린 뒤에는 이내 자버리지만 때로는 예외도 있었다.

그 첫째가 조 나리의 맏아들이 아직 과거에 붙지 못했을 때, 불을 켜고 글을 읽을 수 있게 한 것이고, 둘째는 아Q가 와서 날품으로 일을 할 때 불을 켜고 쌀을 찧게 한 것이다. 이 예외 때문에 아Q는 다시 방아를 찧기 전에 부엌에 앉아 잎담배를 한 대 피워 문 것이다.

오마는 조 나리 집의 유일한 여종이다. 설거지를 하고 나서 걸상에 걸터앉아 아Q와 한가하게 이야기를 나누었다.

"마님은 이틀이나 진지를 안 드셨어. 영감님이 작은 마님 들인다는 바람에……."

"여자…… 오마…… 이 *청상과부[23]……."

아Q는 생각 했다.

"우리 작은마님은 8월에 아기를 낳으신대……."

"여자······."

아Q는 생각했다. 그는 담뱃대를 놓고 일어섰다.

"우리 작은마님은······."

오마는 연신 지껄여댔다.

"너 나하고 자자. 너 나와 자자!"

아Q가 별안간 달려들어 그녀 앞에 무릎을 꿇었다. 한순간 조용해 졌다.

"어머나!"

오마나 질겁하여 바들바들 떨더니 고함을 지르며 밖으로 뛰어나갔다. 뛰면서도 소리를 질렀는데, 나중에는 울먹이는 듯했다.

아Q는 벽을 향해 무릎을 꿇고 얼빠진 채 있다가 두 손으로 빈 걸상을 짚고 천천히 일어났다. 뭔가 일이 좀 잘못된 것 같았다. 그는 이때 분명 가슴이 두근거려 허둥지둥 담뱃대를 허리춤에 꽂고 쌀을 찧으러 가려 했다. 그때 '퍽'하는 소리와 함께 머리에 굵직한 무언가가 떨어졌다. 그가 급히 뒤돌아보니 수재가 굵직한 대나무 몽둥이를 쥐고 그의 앞에 떡하니 버티고 있었다.

"네 이 발칙한 놈. 네 이놈."

굵직한 대나무 몽둥이가 다시 아Q를 향해 내리갈겼다. 아Q가 두 손으로 머리를 감싸 쥐니, 딱 하고 바로 손가락을 얻어맞아 무지하게 아팠다. 그는 부엌문을 뛰쳐나왔다. 그런데 또 등짝을 한 차례 더 얻어맞은 것 같았다.

---

23 젊어서 남편을 잃고 홀로된 여자.

"이 파렴치한!"

수재가 뒤에서 표준말로 욕을 퍼부었다.

아Q는 방앗간으로 뛰어들어 혼자 서 있었다. 아직도 손가락이
쑤셨고, '이 파렴치한!'이라는 말이 귀에 쟁쟁했다. 이것은 미장마
을의 시골뜨기들은 지금껏 쓰지 않는 말이었다. 오로지 관청의
돈깨나 있는 사람만 쓰는 말로, 유난히 무섭고 각별히 인상이
깊었다. 이때 그의 '여자'에 대한 생각은 깡그리 사라졌다. 그는
얻어터지고 욕을 먹은 뒤, 마치 한 가지 일이 이미 끝나 조금도
거리낄 것이 없는 것처럼 후련해져서 다시 쌀을 찧는 일에 매달렸
다. 한참 쌀을 찧고 나니 몸이 열을 받아 일손을 멈추고 웃통을 벗
어 젖혔다.

옷을 벗었을 때 그는 밖의 시끌벅적한 소리를 들었다. 천생 구
경하는 것을 아주 좋아하는 아Q는 떠들썩한 곳을 찾아 나섰다. 소
리가 나는 쪽으로 가노라니 어느새 조 나리네 집 뜰에 이르렀다.
날이 저물어 어둑어둑할 무렵이기는 했으나 그래도 많은 사람들
을 알아볼 수 있었다. 조씨 댁 식구들 속에는 이틀간이나 아무것
도 잡수지 않은 마님도 계셨고, 그 밖에 이웃집의 추칠수 부인, 진
짜 일가인 조백안, 조사신도 있었다.

때마침 작은마님이 오마를 끌어 식모 방에서 나오며 종알거
렸다.

"자네 밖으로 나와, 방구석에 틀어박혀 괜한 생각 하지 말고."

"누가 모르나, 임자 행실이 바른 줄…… 그러니 죽을 생각일랑

절대 해선 안 되네."

추칠수도 곁에서 말참견을 했다.

오마는 그저 울며 간간히 무어라고 중얼거렸지만 분명히 알아들을 수가 없었다.

"흥, 재미있는 걸. 저 청상과부 년이 무슨 짓을 저질렀나?"

이렇게 생각한 아Q는 사정을 알아보려고 조사신 곁으로 다가갔다. 그때 갑자기 조 나리가 자기를 향하여 달려드는 것이 보였다. 더구나 손에는 굵직한 대나무 몽둥이가 쥐어져 있었다. 그는 굵은 대나무 몽둥이를 보자, 돌연 조금 전에 자기가 얻어맞은 것이 이 난리판과 무슨 관련이 있는 거라는 느낌이 들었다. 그는 몸을 돌려 방앗간으로 달아나려고 했다. 어느새 그 몽둥이가 가는 길을 가로막았다. 그래서 그는 다시 몸을 돌려 도망쳐 자연스럽게 뒷문으로 빠져나갔다. 조금 뒤에는 사당 안에 와 있었다.

아Q는 잠시 앉아 있노라니 피부에 소름이 끼치고 °오한[24]이 나는 것을 느꼈다. 봄철이라고는 하나 밤에는 °자못[25] 한기가 있어 웃통을 벗고 있기가 어려웠다. 그는 윗옷을 조씨네 집에 놓고 온 것이 생각났으나 가지러 가자니 또 수재의 대나무 몽둥이가 너무 무서웠다. 그때 지보가 들어왔다.

"아Q 이 바보녀석! 조씨네 식모까지 넘봐. 들이대는 것도 분수

---

24 몸이 오슬오슬 춥고 떨리는 증상.

25 생각보다 매우.

가 있지. 나까지 잠 못 자게 하다니, 이 개새끼야!"

이러쿵저러쿵 한바탕 호된 꾸지람을 들었으나 아Q는 물론 한 마디도 하지 않았다. 끝내는 밤이기 때문에 지보에게 술값으로 두 배인 사백 닢을 줘야 했는데, 아Q는 마침 현찰이 없어서 중절모를 저당 잡혔다. 또 다음 다섯 개 사항을 다짐했다.

첫째, 내일 붉은 초 ─ 무게 한 근짜리 ─ 두개와 향 한 봉을 가지고, 조씨 댁에 가서 사죄할 것.

둘째, 조씨 댁에서 °도사²⁶를 청해 목매 죽은 귀신을 쫓는 굿을 하는데, 그 비용은 아Q가 부담할 것.

셋째, 아Q는 앞으로 조씨네 문턱을 넘지 말 것.

넷째, 오마에게 앞으로 만약 이변이 생기면 아Q에게 책임을 물을 것임.

다섯째, 아Q는 다시는 품삯과 윗올을 달라는 요구를 하지 못함.

아Q는 물론 이 모든 사항을 수락했지만 유감스럽게도 돈이 없었다. 다행이 이미 봄이라 솜이불은 없어도 괜찮아서 이천 닢에 저당 잡혀 조약을 이행했다. 그는 웃통을 벗은 채 머리를 땅에 대고 절을 한 뒤, 그래도 몇 푼의 돈이 남았지만 그는 잡힌 중절모를 찾을 생각도 없이 탈탈 털어 술을 마셔 버렸다. 한데 조씨네 집에서는 마님이 부처님께 치성을 드릴 때 쓸 요량으로 남겨 두어 향도 피우지 않았고 초도 켜지 않았다. 누더기 윗옷 대부분 작은마님이 8월에 낳을 아기의 기저귓감이 되었고, 나머지의 누더기 조각은 오마의 신발 깔창이 되었다.

제5장 생계 문제

아Q는 사죄식이 끝난 뒤 전처럼 사당으로 돌아왔다. 해가 저물자 점점 세상이 차츰 이상야릇하게 느껴졌다. 그는 곰곰이 생각해 본 결과 마침내 그 원인이 아마 자신이 웃통을 벗은데 있음을 깨달았다. 그는 누더기 옷이 아직도 남아 있는 것을 생각해 내고 그것을 몸에 걸치고 드러누웠다.

눈을 떠보니 어느새 해가 벌써 서쪽 담장 위에 비치고 있었다. 그는 몸을 일으켜 앉으며 "니미랄……"하고 투덜댔다. 그는 자리에서 일어나자 여느 때와 마찬가지로 거리를 얼쩡거렸다. 웃통을 벗었을 때처럼 살을 에는 아픔은 없었지만 어쩐지 또 세상이 좀 이상야릇하게 느껴졌다.

왜 그런지 그날 이후로 미장마을의 여자들은 갑자기 모두 부끄럼을 타는 듯 그녀들은 아Q가 걸어오는 것을 보기만 해도 대문 안으로 숨어들었다. 심지어 근 오십이 다 된 추칠수마저도 다른 사람들을 따라 까닭 없이 도망쳤고, 열한 살짜리 계집애까지 안으로 불러들였다. 아Q는 몹시 이상하게 여기며 이렇게 생각했다.

"아 이것들이 갑자기 *요조숙녀[27] 흉내를 내는구나. 이 *갈보[28] 년들……."

그러나 그가 세상이 더욱 이상해졌다고 느낀 것은 그로부터 여

---

26 도를 갈고닦는 사람.
27 말과 행동이 품위가 있으며 얌전하고 정숙한 여자.
28 남자들에게 몸을 파는 여자를 속되게 이르는 말.

러 날이 지난 뒤였다. 첫째로 술집에서 외상을 주지 않았고, 둘째로 사당을 관리하는 늙은이가 쓸데없는 말을 하는 품이 그를 쫓아내려는 것 같았고, 셋째로는 며칠 째인지는 분명하지 않지만 하여튼 꽤 여러 날 누구 하나 날품을 부탁하지도 않았다. 술집에서 외상을 주지 않는 것은 참아 넘기면 그만이고, 늙은이가 자기를 쫓아내려는 것도 한 차례 잔소리하다 말겠지만, 누구 하나 그에게 일을 시키지 않는다는 것은 아Q의 배를 곯게 하는 일이다. 정말 이것이야말로 아주 '니미랄'한 노릇이다.

아Q는 더는 참을 수가 없었다. 그는 할 수 없이 단골집을 찾아다니며 수소문하는 수밖에 없었다. 그러나 조씨네 집 문지방만은 넘어서는 안 되었다. 그런데 사정은 역시 이상했다. 반드시 남자가 나와서는 아주 성가시게 생각하면서 마치 거지를 몰아내듯이 손을 내저으며 말했다.

"없어! 없어! 썩 나가!"

아Q는 생각할수록 이상했다. 그 생각엔 이런 집에서는 여태껏 일손 없이는 안 되는데, 갑자기 일이 없어 질 리가 없다. 여기에는 분명 무슨 *야로[29]가 있을 것이다. 그는 주의해서 알아보니, 그들은 일이 있을 때면 소D를 불러다 일을 시켰다. 이 소D는 가난뱅이로 빼빼 마른 데다가 약골이었다. 아Q는 그를 왕 털보보다도 못하다고 여겼다. 그런데 뜻밖에도 이놈의 자식이 자기 밥그릇을 가로챈 것이다. 그래서 아Q의 이번 분노는 여느 때완 달랐다. 골이 잔뜩 나서 걸어가다가 갑자기 손을 쳐들고 노래를 불렀다.

"내 쇠 채찍으로 네놈을 치리라!"

며칠 뒤 그는 전씨네 집 대문 담장 앞에서 뜻밖에도 소D를 만났다. '원수는 외나무 다리에서 만나는' 법이다. 아Q가 다가가자 소D도 멈춰 섰다.

"이 개새끼!"

아Q는 눈을 부릅뜨며 욕을 퍼부었다. 입에서 침이 튀었다.

"그래 난 버러지다. 됐지……?"

소D가 말했다. 그의 겸손은 도리어 아Q의 분을 돋우었다. 그러나 그의 손에는 쇠 채찍이 없어 그저 덤벼들어 손을 뻗쳐 소D의 머리채를 움켜잡았다. 소D는 한 손으로는 자신의 머리채를 움켜쥐고, 다른 한 손으로는 아Q의 머리채를 움켜잡았다. 아Q 역시 놀고 있는 한 손으로 자신의 머리채를 움켜쥐었다. 예전에 아Q 같으면 소D 따위는 상대도 되지 않았건만, 그가 요사이 굶주린 터라 비쩍 마르고 비실비실하여 이미 소D 못지않아서 서로 엇비슷한 형국이 되었다. 네 손이 두 머리채를 휘어잡고 서로 허리를 구부린 모양새가 전씨네 집 흰 담장 위에 하나의 푸른 무지개 형상을 이루었다. 그들은 그렇게 반시간 남짓 싸웠다.

"됐다, 됐어! 그만해."

구경꾼들이 말했다. 아마 말리는 것 같았다.

"좋아, 좋아!"

구경꾼들의 말은 싸움을 말리는 건지 칭찬하는 건지 부추기는

---

29 남에게 드러내지 아니하고 우물쭈물하는 속셈이나 수작을 속되게 이르는 말.

건지 분간할 수가 없었다.

그러나 그들은 들은 척도 하지 않는다. 아Q가 세 걸음 밀고 나가면, 소D가 세 걸음 후퇴한 뒤 멈춰 섰고, 소D가 세 걸음 밀고 나가면 아Q가 세 걸음 후퇴한 뒤 다시 멈췄다. 거의 반시간 지났을까. — 미장마을에는 자명종이 흔치 않아 딱히 그렇다고는 말하기 어렵고 이십 분쯤 지났는지도 모른다. — 그들의 머리에서는 김이 났고 이마에는 땀이 흘렀다. 아Q가 손을 늦추자 둘은 한꺼번에 허리를 펴고 물러나 구경꾼들을 비집고 빠져나갔다.

"두고 보자, 니미랄 놈."

아Q가 돌아보며 말했다.

"니미랄 놈의 새끼, 두고 보자."

소D도 고개를 돌아보며 말했다. 이 '용과 호랑이의 싸움'은 승부가 나지 않았고, 구경꾼들도 만족했는지 모두 다른 말이 없었다. 그러나 아Q에게는 여전히 날품 일을 부탁하는 사람은 없었다.

아주 따뜻한 어느 날이었다. 산들바람이 솔솔 불어 제법 여름 기운이 돌았으나 아Q는 으슬으슬 추위를 느꼈다. 그러나 이것은 그런대로 견딜 수 있었지만 배고픔만은 견딜 수가 없었다. 솜이

홑적삼 홑겹으로 된 적삼.

불, 중절모, 홑적삼*은 벌써 온데 간 데 없고 그다음에는 솜저고리도 팔았다. 이제 바지가 남아 있으나 절대 벗을 수 없는 것이다. 너덜너덜한 겹저고리가 하나 있기는 하나 남에게 거저 주어 깔창이나 하게 하면 모를까 반드시 돈이 되지는

않는다. 길바닥에서 돈뭉치를 주웠으면 하고 진즉에 생각하기도 했지만 지금껏 한 번도 눈에 띄지 않았다. 자신이 허물어져 가는 집에서라도 갑자기 돈뭉치가 떨어지지 않을까 하고 허둥대며 두루 살폈으나 실내는 휑하니 비어 아무것도 없었다. 마침내 그는 밖으로 나가 얻어먹기로 했다.

그는 길을 가면서 무엇을 좀 얻어먹으려고 했다. 단골 술집도 낯익은 만두집도 눈에 띄었지만 그냥 다 지나갔다. 그 앞에 잠깐 멈춰 서지도 않았고 아예 구걸할 생각도 하지 않았다. 그가 얻으려고 한 것은 이런 것이 아니었다. 그가 구하는 것은 무엇인가? 그것은 자신도 몰랐다.

미장마을은 본래 그리 큰 마을이 아니어서 마을을 빠져 나가는 데 오래 걸리지 않았다. 마을 밖은 대부분 논으로, 눈 가득히 새로 심은 어린모가 한눈에 들어왔다. 군데군데 박혀 있는 둥그런 움직이는 검은 점은 논일을 하고 있는 농부들이었다. 아Q는 전원 풍경도 감상하지 않고 그냥 걷기만 했다. 이런 것은 그가 얻어먹으려는 것과는 너무나 거리가 멀다는 것을 직감적으로 알았기 때문이다. 마침내 그는 정수암의 담장 모퉁이에 이르렀다.

암자 주변이 모두 논이어서 흰 담장이 신록 속에 두드러지게 눈에 띄었다. 뒤쪽 낮은 토담 안에는 채마밭이 있었다. 아Q는 한동안 주춤거리다가 사방을 둘러보았으나 아무도 없었다. 그는 낮은 담장에 기어올라 하수오* 넝쿨을 붙잡았다. 그러나 진흙이 부석부석 떨어져서 아Q의 다리도

하수오 덩굴성 약용 식물.

후들후들 떨렸다. 마침내 그는 뽕나무 가지를 휘어잡고 안으로 뛰어내렸다.

담장 안은 참으로 울창했다. 그러나 술과 만두 따위는 없는 것 같고, 다른 먹을 만한 것도 있어 보이지 않았다. 서쪽 담장 밑은

유채

겨자

대밭으로, 죽순이 숱하게 돋았지만 서운하게도 익히지 않은 날것이었고, 유채˚는 이미 씨가 여물었고, 겨자˚는 꽃이 피었고, 배추도 너무 자라 억세었다.

아Q는 마치 과거에서 낙제한 사람처럼 억울하다고 느꼈다. 그는 느릿느릿 문이 있는 곳까지 걸어갔다. 갑자기 아주 놀랍고도 기뻤다. 그것은 분명 한 뙈기의 무밭이었다. 그는 몸을 쭈그리고 무를 뽑았다. 그 때 문 앞에 돌연 동그란 머리가 불쑥 나타나더니 금세 쑥 들어 갔다. 젊은 여승임이 분명했다. 젊은 여승쯤은 아Q의 눈에는 본래 ˚초개³⁰같이 여겼으나 세

상일이란 한 발짝 물러서서 생각해야하는 법인지라 얼른 무 네 개를 뽑아 무청을 뜯어 버리고 옷섶에 품었다. 그런데 늙은 여승이 어느새 나타났다.

"나무아미타불. 아Q 자네 어째서 채마밭에 뛰어들어 무를 훔 치는가! 아, 죄악이로다. 아, 나무아미타불…….."

"내가 언제 당신 밭에 뛰어들어 무를 훔쳤다는 거야?"

아Q는 힐끔힐끔 돌아보며 내빼면서 말했다.

"방금. 그건 뭐지?"

늙은 여승은 아Q의 옷섶을 가리키며 말했다.

"이게 당신 거란 말이야? 그럼 이 무더러 대답하게 할 수 있어? 당신은……."

아Q는 말을 채 맺지 못하고 걸음을 급히 내딛었다. 살찐 큰 검정개 한 마리가 쫓아왔다. 이 개는 본래 문 앞에 있었는데 어찌 된 셈인지 뒤곁에 나타났다.

검정개가 컹컹 짖으며 따라와 아Q의 정강이를 물려했는데, 다행히 아Q의 옷섶에서 무가 하나 떨어지는 바람에 개가 움칠 놀라 주춤하고 멈춰 섰다. 아Q는 그 틈에 뽕나무로 기어올라 토담을 타고 담장 밖으로 도망쳤다. 검정개는 아직도 뽕나무를 쳐다보고 컹컹 짖어 대고 있고, 늙은 여승은 염불을 외고 있었다.

아Q는 늙은 여승이 또 검정개를 풀어 놓을까 봐 겁이 나서, 무를 얼른 주워 달아났다. 길을 가다가 돌멩이 몇 개를 주웠지만 검정개는 다시 나타나지 않았다.

아Q는 돌멩이를 내던지고 걸으면서 무를 먹었다. 그러면서 생각했다.

'여기서는 별로 얻을 게 없으니 차라리 성안으로 들어가는 것이 낫겠다.' 무를 세 개를 다 먹었을 때 그는 성안으로 들어가기로 결심했다.

---

30 쓸모없고 하찮은 것을 비유적으로 이르는 말.

　미장마을에 다시 아Q가 나타난 것은 그해 추석이 갓 지난 뒤였다. 아Q가 돌아왔다고 하자 사람들은 모두 놀라는 한편 지난 일을 돌이켜 보았다. 지금껏 그는 어디에 가 있었을까?

　아Q가 전에 몇 번 성안에 들어갔을 때는 대체로 지레 신바람이 나서 사람들에게 자랑했는데, 이번에는 그렇지 않아 누구 하나 그에게 관심을 갖지 않았다. 그가 혹 사당 묘지기 영감에게는 말했는지 모르지만, 미장마을의 관례로 본다면 조 나리, 전 나리, 수재 나리가 성안에 들어가야만 입방아거리가 되었다. 가짜 양놈도 아직 축에 끼지 못할 정도이니 하물며 아Q쯤이야. 사당 묘지기 영감도 아Q를 위해 선전을 했을 리 없고 따라서 미장마을 사회에서는 알 도리가 없었다.

　그러나 아Q의 이번 귀환은 전과는 딴판으로 확실히 깜짝 놀랄 만한 가치가 있었다. 날이 저물 무렵 그는 거슴츠레한 눈으로 술집 앞에 나타났다. 계산대 앞으로 다가간 그는 허리춤에서 손을 꺼냈는데, 은화와 동전을 한 움큼 쥐고는 계산대 위로 내던지면서 말했다.

　"현찰 박치기요! 술을 주시오!"

　새 옷을 입은 그의 허리춤을 보아하니 큼직한 주머니가 달려 있었는데, 묵직해서 허리띠가 활등처럼 축 처져 있었다. 미장마을의 관례로 보면 관심을 끄는 인물에 대해서는 소홀히 다루기보다는 차라리 존경해두는 것이다. 지금 나타난 자가 분명 아Q인

것은 사실이지만 누더기를 걸친 아Q와는 딴판이었다. 옛사람도 말하기를 '선비는 헤어진 지 사흘이면 마땅히 눈을 비비고 보아야 한다.'라고 했다. 그리하여 술집 점원도, 주인도, 술꾼들도, 행인들도 모두 아Q를 보고 의아해하면서도 존경하는 태도를 보였다. 주인이 먼저 고개를 끄덕이며 인사를 차리고선 이어서 말을 건넸다.

"어, 아Q 돌아왔구먼!"

"음, 돌아왔수다."

"돈 벌었군. 돈 벌었어. 자넨 어디서……?"

"성 안에 갔었지!"

이 소식은 다음날 벌써 미장마을 전체에 쫙 퍼졌다. 사람들은 아Q가 현금을 갖고 새 옷을를 입게 된 일을 알고 싶어 했다. 그리하여 술집과 찻집, 사당 처마 밑에서 조금씩 수소문하게 되었다. 그 결과 아Q는 새로운 존경을 받게 되었다. 아Q의 말에 의하면 그는 거인 영감 댁에서 일손을 도왔다는 것이다. 이 말에 듣는 사람들은 모두 숙연해졌다. 그 나리의 성은 백(白)씨이지만 성안에 거인이라고는 그 사람밖에 없었으므로 따로 성을 붙이지 않아도 거인이라면 곧 그를 가리키는 것이었다. 그것은 미장마을에서만 그런 것이 아니라 사방 백 리 안에서 다 그랬다. 사람들은 대부분 그의 이름이 거인 영감인 줄 알았다. 그런 집에서 일손을 돕는다는 것은 당연히 존경을 받을 만한 일이었다.

그러나 또 아Q의 말에 의하면 그는 그 집에 다시 가서 일하기가 싫었다. 왜냐하면 그 거인 영감이 너무나 '개새끼'이기 때문이다. 그 말에 듣는 이들은 모두 탄식하면서도 후련해 했다. 아Q 따위는 본시 거인 영감 댁에서 일을 도울 만한 주제가 못 되지만, 일을 거들지 않겠다는 것은 아까운 일이었기 때문이다.

아Q의 말에 의하면 그가 돌아온 것은 마치 성안 사람들에 대한 불만에도 연유한 것 같았다. 즉 그들이 긴 걸상을 쪽걸상이라고 하고, 생선을 지질 때는 파를 가늘게 썰어서 얹고, 또 최근에 관찰하여 알게 된 결점으로 여자의 걸음걸이가 실룩거리는 폼이 볼썽 사납다는 것이었다. 그러나 실로 탄복할 만한 것도 있었다. 이를테면 미장마을의 촌놈들은 서른 두 개의 대쪽으로 만든 패를 칠 줄 알 뿐이고 오직 가짜 양놈만이 마작을 할 수 있는 정도인데, 성 안에서는 조무래기들도 제법 익숙하다는 것이다. 가짜 양놈 따위는 성내의 여남은 살짜리의 조무래기 손에 걸려도 금방 *염라대왕 앞에선 하찮은 귀신.'³¹이 된다는 것이었다. 이 한 마디에 듣는 이는 모두 얼굴을 붉혔다.

"너희들 그래 목 자르는 걸 본 일이 있어?"

아Q가 말했다.

"허, 볼만하지. 혁명당 사람을 자르는데, 볼만하지, 암 볼만해."

그가 머리를 흔들며 마주 앉은 조사신의 얼굴에 침이 튀었다. 그 말에 듣는 사람들은 모두 오싹해졌다. 그러나 아Q는 또 사방을 한번 둘러보더니, 느닷없이 오른손을 치켜들어, 목을 길게 빼고서 정신없이 듣고 있던 왕 털보의 목덜미 중앙의 움푹 패어진 곳을 똑바로 내리치면서 소리쳤다.

"댕강!"

왕 털보는 기겁하여 동시에 전광석화처럼 목을 움츠렸다. 듣고 있던 사람들은 모두 무서워하면서도 재밌어 했다.

그때부터 왕 털보는 여러 날 동안 머리가 띵하였다. 그래 다시는 아Q의 곁에 가까이 가지 않았다. 다른 사람도 마찬가지였다.

그 무렵 미장마을 사람들의 안중에는 아Q의 지위가 비록 조 나리를 능가했다고는 할 수 없지만 거의 비슷했다고 해도 아마 어폐가 없지 싶다.

곧 얼마 안 가 아Q의 명성은 미장마을의 안방 아낙네들 사이에도 좍 퍼졌다. 미장마을에서는 조씨네와 전씨네만 대저택이 있고, 그 밖에는 열의 아홉이 모두 °천규[32]였다. 그래도 규중은 규중인지라 아낙네들은 소문에 신기해했다.

아낙네들은 서로 만나기만 하면 수근거렸다. 추칠수가 아Q에게서 남색 비단 치마를 단돈 구십 전에 샀다는 둥, 조백안의 어머니는 어린 아이의 빨간 신식 옥양목 저고리를 단돈 삼백 문 밖에 주지 않았다는 둥 말이다. 그리하여 아낙네들은 간절하게 아Q를 만나려고 했다. 비단 치마가 없는 사람은 그에게 비단 치마를 살 수 있는지 물어보려 했고, 신식 옥양목 저고리가 부러운 사람은 그에게 신식 옥양목 저고리를 살 수 있는지 물어보려 했다. 이제 그들은 아Q를 보면 피하는 것이 아니라 때로는 아Q가 지나갔는데도 좇아가서 불러 세우고 물었다.

---

31 도저히 상대가 되지 않는다는 말.
32 아낙네의 거처가 따로 마련되지 않은 집.

"아Q, 비단 치마가 아직 있나? 없다고? 옥양목 저고리가 필요한데, 있어?"

　나중에는 마침내 이런 소문이 아낙네들에게서 나리 댁 마님들 귀에까지 들어갔다. 전씨네 마님이 너무나 기뻐한 나머지 자기가 산 비단 치마를 조씨네 마님에게 가져가 자랑했기 때문이다. 조씨네 마님은 조 나리에게 이야기하면서 한껏 치켜세우기까지 했다. 조 나리는 저녁 상 머리에서 수재 나리와 의논한 끝에 아Q 녀석이 아무래도 좀 수상한 구석이 있으니 우리도 문단속을 단단히 해야겠다고 했다. 그러면서도 그 녀석 물건 가운데 아직 살 만한 것이 있는지도, 혹시 정말 좋은 것이 있는지도 모른

털배자 저고리 위에 덧입는, 단추와 소매가 없는 조끼 모양의 옷.

다고 했다. 게다가 마님도 값이 싸고 물건이 좋은 털배자*를 하나 사려고 했다. 그리하여 가족 회의 결정에 따라 추칠수에게 아Q를 데려오라고 부탁했다. 또 이 때문에 제3의 특례를 인정해 이날 밤만은 잠시 등불 켜는 것을 특별히 허락했다.

　　등잔 기름이 적지 않게 닳았는데도 아Q는 아직 나타나지 않았다. 조씨네 식구들은 모두 속을 태우며 하품을 했다. 그들은 아Q가 너무 나댄다고 욕하는가 하면, 추칠수가 손을 늦게 쓴 것을 탓하기도 했다. 조씨네 마님은 그가 봄철에 약속한 *조건[33]때문에 오지 못하는 거라 걱정했지만, 조 나리는 내가 부른 것이니 염려 없다고 했다. 과연 조 나리의 견식이 옳았다. 마침내 아Q가 추칠수를 따라 들어왔다.

"글쎄 아Q가 자꾸 없다고만 해서 직접 뵙고 여쭈라고 했죠. 그래도 자꾸 뭐라고 하기에 제가……."

추칠수가 숨 가쁘게 들어오면서 수다를 떨었다.

"나리!"

아Q는 웃는 둥 마는 둥 한마디 불쑥 하고는 추녀 밑에 멈춰 섰다.

"아Q,, 들리는 말에 자네가 외지에서 돈을 많이 벌었다며."

조 나리는 어슬렁어슬렁 다가가서 그를 훑어보고는 말을 이었다.

"참 잘됐네, 잘됐어. 그런데 들리는 말에 자네 무슨 헌 물건을 가지고 있다지? 그걸 모두 가져와서 한번 보여 주게나. 다름이 아니라 내게도 좀 소용되어 그러네."

"추칠수에게도 말했지만 이젠 없는데요." 필요하다

"다 팔렸나?"

조 나리는 자기도 모르게 말이 나왔다.

"아니, 어떻게 그렇게 빨리 다 없어졌어?"

"제 친구들 물건인데, 원래 많지 않은데다가 사람들이 다 사 가서……."

"그래도 뭐 좀 있겠지."

"지금 남아 있는 거라곤 문에 치는 발이 하나 있을 뿐인데요."

---

33 앞의 제4장에서 아Q는 지보의 중재로 조가와 5개 조의 서약을 했는데, 그 중 3조를 두고 하는 말임.

"그럼 문발이라도 가져와 보여 주게."

조씨네 마님이 다급히 말했다.

"그렇다면 내일 가져와도 되네."

조 나리는 썩 내키지 않은 모양이다.

"아Q, 자제 앞으로 무슨 물건이 있거든 우선 여기부터 가져 와서 보여 주게나. 값은 절대 다른 집보다 빠지게 치지는 않을 테니!"

수재가 말했다. 수재의 여편네는 아Q의 얼굴을 한번 힐끗 바라 보고는 그가 감동했는지 안했는지를 살폈다.

"난 털배자가 하나 필요하네."

조 부인이 말했다.

아Q는 대답은 했지만 별로 탐탁지 않은 기색으로 나왔는데, 그가 마음에 새겨 두었는지 어쩐지는 알 수 없었다. 이는 조 나리를 매우 실망케 했고, 그의 분을 돋우었으며, 걱정거리가 되어, 심지어 하품조차 멎게 했다.

수재도 아Q의 태도에 대해 매우 불만이었다. 그래서 그는 이 개 자식을 단단히 경계해야 하며, 차라리 지보에게 일러서 이놈을 미장마을에 살지 못하게 하는 것이 나을 거라고 했다.

그러나 조 나리는 그렇게 생각하지 않았다. 그리하면 원한을 살지도 모르고, 하물며 장사를 하는 자는 대개 '매도 제 둥지 밑에 서는 먹이를 먹지 않는다.'는 말이 있듯이, 이 마을에는 별로 걱정 할 게 없으며, 다만 각자가 밤에 조심하기만 하면 된다고 했다. 수 재는 이 아버지의 교훈을 듣고 아주 지당하다고 생각되어 아Q를

마을에서 쫓아내자고 한 제안을 즉각 철회했다. 또 추칠수에게
아무에게도 이 말을 하지 말라고 신신당부했다.

그러나 이튿날 추칠수는 그 남색 치마에 검정 물을 들이려고
나갔다가 아Q의 의심스러운 점을 퍼뜨렸다. 그러나 수재가 아Q
를 내쫓겠다고 한 대목은 분명 말하지 않았다. 아무튼 이는 아Q
에게 대단히 불리한 것이었다. 제일 먼저 지보가 찾아와 문에 치
는 발을 빼앗아 갔다. 아Q는 영감 댁 마님이 보시겠다고 한 것이
라며 사정했다. 그러나 지보는 돌려주기는커녕 아Q더러 다달이
상납금을 바치라고 위협했다. 그 뒤로 아Q에 대해 외경심을 가지
고 있던 마을사람들의 태도가 갑자기 달라졌다. 아직 감히 제멋
대로 못되게 굴지는 않았지만 슬슬 피하는 기색이 보였다. 그 기
색은 전에 그에게 당할까봐 조심하던 때와도 달리 자못 경원하는
요소가 섞여 있었다.

다만 일부 건달들이 꼬치꼬치 아Q의 진상을 캐물었다. 아Q
역시 별로 숨기지 않고 대범하게 자기의 경험을 이야기했다.
그리하여 그들은 비로소 알게 된 것이다. 아Q가 일개 단역에
불과해 담도 넘어 가지 못했을 뿐만 아니라 개구멍으로 들어가
지도 못하고 그저 문밖에 섰다가 물건을 받는 일을 했을 뿐이
었다. 어느 날 밤 그가 막 보따리를 하나 건네주고는 다시 안으로
들어갔는데, 얼마 뒤 안에서 왁자지껄 고함 소리가 들려왔다. 엉
겁결에 도망하여 밤중에 성을 빠져나와 미장마을으로 도망쳐 왔
고, 다시는 감히 그런 짓을 하러 가지 못했다.

그러나 이런 이야기는 도리어 아Q에게 불리했다. 마을 사람들

이 아Q에 대해 *경이원지'[34]한 것은 그와 원수를 질까 봐 두려워서인데, 이제 보니 그는 더는 도적질도 할 수 없는 좀도둑에 불과했던 것이다. 이야말로 '이 역시 두려워 할 것이 없는 것'이다.

제7장 혁명

*선통 3년 9월 14일[35] 한밤중에 검은 뜸으로 씌운 배 한 척이 조씨네 도선장에 도착했다. 이 배는 캄캄한 어둠을 타고 저어왔으므로 마을 사람들은 깊이 잠들어 아무도 알지 못했다. 그러나 돌아갈 때는 날이 밝아 올 무렵이었으므로 그걸 본 사람이 몇 있었다. 이리저리 수소문해 본 결과 성안의 거인 영감네 배라는 것을 알았다.

그 배는 미장마을에 큰 불안을 실어다 주었다. 한낮도 되기 전에 온 마을의 인심이 술렁거렸다. 배의 사명에 대해 조씨네는 아예 비밀로 했으나, 찻집과 술집에서는 모두 혁명당이 성안으로 쳐들어올 것 같아 거인 영감네가 우리 마을로 피난을 왔다고 했다.

그런데 유독 추칠수만은 그렇게 생각하지 않았다. 그건 헌 옷궤 몇 짝을 거인 영감네가 맡기려던 것이었는데, 조 나리가 거절하여 도로 가져갔다는 것이다. 기실 거인 영감과 조 수재는 본래 사이가 좋지 않은지라 따지고 보면 그들에게 환난을 같이할 정이 있을 리 없었다. 하물며 추칠수와 조씨네는 이웃이어서 보고 듣는 것이 비교적 사실에 가까운 바, 아마도 그녀의 말이 옳을 것이다.

아Q 역시 혁명당이라는 말을 진즉부터 듣고 있었고, 올해는 혁명당을 죽이는 것을 직접 보기도 했다. 그러나 그는 무엇에 근거한 것인지는 모르겠지만 혁명당을 극도로 혐오하고 미워했다. 이는 혁명은 곧 모반인 즉, 모반은 자기를 곤란하게 하는 것이라 생각했기 때문이었다. 그런데 뜻밖에도 그것이 백리 사방에 이름을 떨치는 거인 어른을 그토록 겁먹게 하였으니, 그도 적잖이 마음이 끌리지 않을 수 없었고, 더군다나 미장마을의 어중이떠중이들이 허둥대는 꼴이란 아Q의 속을 더욱 시원하게 했다.

'혁명도 괜찮은 것이구나.'

하고 아Q는 이렇게 생각했다.

'이런 개새끼들을 다 갈아 치워야 해. 진저리가 난다! 원한이 사무친다! 나도 혁명당에 들어갈 테다.'

아Q는 요즘 군색해져서 불만이 많이 쌓여 있었다. 게다가 낮에 빈속에 술을 두 사발을 들이킨 까닭에 더 빨리 취해서 이런저런 생각을 하면서 걷노라니 우쭐거리기 시작했다. 어찌된 셈인지 모르겠으나 갑자기 혁명당은 자기이고, 미장마을 사람들은 모두 자기의 포로가 된 것 같았다. 그는 너무나 기쁜 나머지 큰 소리로 외치지 않을 수 없었다.

"모반이다! 모반! 혁명이다. 혁명!"

미장마을 사람들은 모두 공포의 눈초리로 그를 쳐다보았다. 그

---

34 공경하는 체하면서 속으로는 꺼리어 멀리함. '경원'과 같은 말.
35 1911년 9월 14일에 해당.

런 가련한 눈은 아Q가 여태 본 적이 없었는데, 그걸 보자 오뉴월 무더위에 빙수를 마신 것처럼 속이 시원했다. 그는 더욱 신이 나서 걸어가면서 외쳤다.

"좋아, 원하는 건 다 가질 수 있고 마음에 드는 계집도 다 내 거다. °덩덩! 칭칭! 후회해도 소용없다, 술김에 내 의제 정의 목을 베었구나.[36]

후회해도 소용없다. 아야야. 덩덩! 칭칭! 덩,칭, 웃칭! 내 쇠 채찍으로 네놈을 치리라."

조씨 댁의 두 어른과 친척 두 사람이 때마침 대문 앞에서 혁명에 대해 이야기하고 있었다. 아Q는 그것을 보지 못한 채 고개를 뒤로 젖히고 곧장 노래를 부르며 지나갔다.

"덩덩……."

"아Q 선생!"

조 나리가 겁먹은 듯 낮은 목소리로 불렀다.

"칭칭."

아Q는 자기 이름에 '선생'이라는 말이 붙으리라고는 생각하지 못했으므로 자기와는 상관없는 다른 소리라 여기고 그냥 노래를 계속했다.

"덩, 칭, 칭웃칭, 칭!"

"아Q 선생!"

"후회해도 소용없다."

"아Q!"

수재가 할 수 없이 직접 그의 이름을 불렀다. 아Q는 그제야 멈춰 서서 머리를 돌리며 물었다.

"왜 그러슈?"

"아Q 선생, 요즘……."

조 나리는 막상 할 말이 없었다.

"요즘…… 살만한가?"

"살만해? 당연하지, 내가 맘만 먹으면 뭐든 할 수 있으니까"

"아…… Q형, 우리 같은 가난뱅이 친구들은 걱정 안 해도……."

"가난뱅이 친구라고? 당신은 그래도 나보다는 부자지 않소"

아Q는 이렇게 말하고는 가 버렸다. 모두 겸연쩍어 잠자코 있었다. 조씨네 부자는 집으로 돌아와 저녁나절이 되어 등잔을 켤 때까지 의논했다. 조백안은 집에 돌아오자 허리춤의 전대를 풀어 마누라에게 주며 농짝 밑에 감추게 했다.

아Q는 마음이 들떠 날다시피 마을을 한 바퀴 돌고 사당으로 돌아왔다. 술은 이미 말끔히 깨어 있었다. 이날 밤에는 사당 영감탱이마저도 뜻밖에 싹싹하게 대해 주며 그에게 차를 권했다. 그에게 떡을 두어 개 달라 하여 먹은 뒤, 또 쓰다 만 네 냥 무게의 양초와 나무 촛대를 달라하여 불을 켜고 좁은 자기 방으로 들어가 홀로 누웠다.

그는 무어라 말할 수 없이 속이 시원하고 상쾌했다. 촛불은 마치 정월 대보름날 밤 촛불처럼 훤히 춤을 추었고, 그의 공상도 차

---

36 이 구절은 '용호의 싸움'이라는 노래의 한 구절임.

례차례 머릿속에 떠올랐다.

"모반이라? 재밌네. 흰 투구와 흰 갑옷의 혁명당 사람들이 쳐들어온다. 저마다 손에는 청룡도, 쇠 채찍, 폭탄, 대포, 양인검, 갈고리, 창을 들고서 사당 앞을 지나며 아Q! 함께 가세, 함께 가! 하고 부르니 따라 나선다.

그때가 되면 미장마을의 어중이떠중이들은 꼴 좋겠다. 무릎을 꿇고 아Q, 목숨만 살려 주오! 하겠지. 누가 들어준대!

제일 먼저 죽일 놈은 소D와 조 나리이다. 이어 수재, 또 그 다음엔 가짜 양놈. 어느 놈을 남겨 둔다? 왕 털보는 남겨 둬도 되겠지만, 에잇 그깟 놈도 소용없어.

물건은…… 곧장 들어가 궤짝을 열어젖힌다. 그러면 마제은, 은화, 양사 저고리가…… 수재 여편네의 영파 침대는 우선 사당으로 가져 오고, 그 밖에 전 씨네 책상과 의자도 진열해 놓는다. 그렇지 않으면 조씨네 것을 갖다 쓰지. 난 가만 있고 소D를 시켜 운반시킨다. 빨리 날라야지, 꾸물거리면 싸대기를 후려갈길 테다.

'조사신의 누이동생은 정말 못 생겼어. 추칠수의 딸년은 아직 젖비린내나고. 가짜 양놈의 여편네는 머리채 없는 사내놈하고 잤으니 쳇, 잡년이야! 수재 놈의 여편네는 눈퉁이에 흉터가 있고, 오마는 오래 만나지 못했는데 어데 있을까? 그런데 아깝게도 발이 너무 커.'

아Q는 생각을 다 끝맺지 못한 채 이내 코를 골았다. 넉 냥짜리 초는 이제 겨우 반 치쯤 타, 활활 타오르는 불빛이 그의 헤벌린 입을 비추고 있다.

"으아악!"

아Q는 별안간 큰소리를 내며 벌떡 고개를 쳐들고는 황급히 주변을 둘러보다가 넉 냥짜리 초가 눈에 뜨자 다시 드러누웠다. 이튿날 그는 매우 늦게 일어났다. 거리에 나가 보니 모든 게 전과 다름이 없었다. 그는 여전히 배가 고팠다. 그는 생각해 보았으나 좋은 생각이이 떠오르지 않았다. 그러나 갑자기 그는 무슨 궁리가 생긴 듯 천천히 걸음을 옮겼고, 저도 모르게 정수암에 이르렀다.

암자는 봄철과 마찬가지로 조용했다. 흰 담장과 검은 대문이 있었다. 그는 잠깐 궁리하다가 문을 두드렸는데 개가 안에서 짖어 댔다. 그는 얼른 벽돌 조각을 몇 개 집어 들고는 다시 가서 좀 더 힘을 주어 문을 두드렸다. 검정 대문에 많은 흠집이 생기고 나서야 안에서 문을 열러 나오는 소리가 들렸다.

아Q는 어느새 벽돌 조각을 쥐고 검정개와 싸울 준비를 했다. 그러나 암자 문이 빠끔히 열렸을 뿐 안에서 검정개가 뛰어나오지는 않았다. 들여다보니 늙은 여승 하나가 서 있을 뿐이었다.

"너 왜 또 왔어?"

늙은 여승이 깜짝 놀라며 물었다.

"혁명이야…… 알고 있어?"

아Q는 좀 애매하게 말했다.

"혁명, 혁명. 혁명은 벌써 하지 않았나? 자네들이 우릴 어떻게 혁명한다는 건가?"

늙은 여승이 눈에 핏발을 세우며 쏘아붙였다.

"뭐라고?"

아Q는 의아했다.

"너 모르나? 그 사람들이 벌써 혁명하러 왔었네!"

"누가?"

아Q는 더더욱 이해할 수 없었다.

"그 수재하고 가짜 양놈 말이야!"

아Q는 너무나 뜻밖이어서 입을 딱 벌어졌다. 늙은 여승은 그가 기죽은 모습을 보고는 잽싸게 문을 닫아 버렸다. 아Q가 다시 밀어 보았지만 문은 꼼짝도 하지 않았다. 재차 밀어 보았지만 아무 대꾸도 없었다.

그것은 아직 아침나절의 일이었다. 소식이 빠른 조 수재는 혁명당이 이미 간밤에 성으로 들어왔다는 것을 알자마자 변발을 머리 위로 틀어 올리고, 이제껏 친교가 없던 가짜 양놈을 찾아갔다. 이른바 모두 유신에 동참하는 때인지라 그들은 이야기를 나누는 사이에 죽이 맞아 이내 의기투합하는 동지가 되었고 혁명을 같이 하기로 약속했다.

그들은 생각하고 생각한 끝에 간신히 정수암에 있는, '황제 만세, 만만세'라고 새긴 용패를 당장 제거해야 한다고 생각해 냈다. 그리하여 곧장 암자로 혁명하러 갔다. 늙은 여승이 나와 그들을 막아서며 몇 마디 하자 그들은 여승을 만주 정부 편을 든다고 간주하고 단장과 주먹으로 머리를 흠씬 두들겨 팼다.

늙은 여승이 그들이 사라진 뒤 정신을 차리고 살펴보니, 용패는 땅바닥에 산산조각 나 있었고 관음상의 보좌 앞에 놓았던 선

덕 향로도 보이지 않았다.

이 일을 아Q는 나중에야 알고서 늦잠을 잔 것을 퍽 후회했다. 또한 그들이 자기를 찾지 않은 것을 아주 괘씸하게 여겼다. 그는 또 한걸음 물러나며 이렇게 생각했다. '놈들이 내가 혁명당에 투항한 걸 아직도 모른단 말인가?'

제8장 혁명 금지

미장마을의 민심은 날로 안정되어 갔다. 들리는 말에 의하면 혁명당이 성안에 들어가기는 했지만 무슨 큰 변화가 없다고 한다. 현지사 나리는 여전히 그대로 있고 관명만 조금 고친데 불과하고 그리고 거인 영감도 무슨 — 이러한 직명을 미장마을 사람들은 모두 알지도 못한다. — 관직에 나아갔고, 병정을 거느리는 대장도 역시 예전 그대로 빠쫑이라고 한다.

그렇다고 미장마을에도 개혁이 없었다고는 말할 수 없다. 며칠이 지나자 머리채를 정수리에 틀어 얹은 자가 점점 많아지기 시작했다. 앞서 말했듯이 제일 먼저 수재 나리가 그렇게 했고, 그 다음은 조사신과 조백안이었으며, 그 뒤가 아Q였다. 만일 여름이라면 사람들이 머리채를 머리 꼭대기로 틀어 올리든 혹은 묶거나 해도 조금도 이상할 게 없다. 그러나 지금은 늦가을이므로 '가을에 여름의 습속을 따르는' 정경은 머리채를 감아올리는 사람들에게는 심히 영명한 결단을 내린 것이 아닐 수 없었다. 미장마을에서도 이것이 개혁과 전혀 관계가 없다고 할 수는 없었다.

조사신이 뒤통수가 휑해 가지고 걸어오는 것을 보고 사람들이 크게 지껄였다.

"허, 혁명당이 온다!"

아Q는 이 말을 듣고서 매우 부러워했다. 그는 수재가 변발을 틀어 올렸다는 굉장한 소식을 진작 들어 알고 있었지만 자기도 그대로 할 수 있으리라고는 생각지도 못했다. 이제 조사신마저도 그렇게 하자 비로소 자신도 따라할 생각이 들어 실행하기로 결심을 굳혔다. 그는 대젓가락으로 변발을 머리 꼭대기에 꽂아 틀어 올리고는 머뭇거리다가 용기를 내서 걸어 나갔다.

그는 거리를 걸어갔다. 사람들은 그를 보았으나 아무 말도 하지 않았다. 그는 처음에는 아주 불쾌했으나, 나중에는 몹시 불만스러웠다. 그는 요즘 툭하면 성질을 부렸다. 기실 그의 생활은 반란이 일어나기 전보다 더 어렵지는 않았다. 사람들도 그를 보아도 상냥했고, 점방에서도 현찰을 요구하지 않았다. 그렇지만 아Q는 자신이 너무나 불운하다고 느꼈다. 혁명을 했는데 그저 이 모양이어서는 안 된다고 생각했다.

더군다나 소D를 보고 나자 더욱 울화통이 치밀었다. 소D도 변발을 머리 꼭대기에다 틀어 올렸고 게다가 의외로 대젓가락마저 하나 꽂고 있었다. 아Q는 설마 그놈마저 감히 이렇게까지 할 줄은 전혀 생각하지 못했다. 자기로서는 그가 이따위 짓을 하는 것을 보고만 있을 수 없었다. 소D, 제깐 놈이 뭔데! 그는 당장 소D를 붙잡아서 그놈의 대젓가락을 분질러 변발을 풀어 버린 뒤 그

놈의 싸대기를 몇 차례 후려갈겨 제 분수를 잊어버리고 감히 혁명당 노릇을 한 죄를 징벌하고 싶었다. 그러나 그는 결국 용서해 주고 말았다. 다만 성난 눈을 부라려 노려보고는 퉤 하고 침을 뱉었다.

요 며칠 사이에 성안에 갔다 온 사람은 가짜 양놈 하나뿐이었다. 조 수재도 본시 궤짝을 맡아 준 것을 인연으로 믿고 거인 영감을 친히 찾아보려고 했으나 변발이 잘릴 위험이 있어 그만두었다. 그는 '격식에 맞게' 편지를 써서 가짜 양놈에게 부탁하여 성안에 가지고 가게 하고 또한 그에게 자기를 소개하여 자유당에 들 수 있도록 힘써 달라고 부탁했다.

가짜 양놈은 돌아오자 수재에게 은전 사원의 °입체금[37]을 돌려받았다. 그리하여 수재는 복숭아 모양의 은제 휘장 하나를 앞가슴에 달게 되었다. 미장마을 사람들은 모두 놀라워하여 탄복했고, 그것은 °시유당[38]의 휘장으로 한림에 해당한다고 했다. 조 나리는 이 때문에 또 갑자기 잘나가게 됐는데, 아들이 처음 급제했을 때보다도 더 교만하여 눈에 뵈는 게 없었고, 아Q를 만나도 거들떠보지도 않았다.

아Q는 불만을 하고 있는 동안에 시시각각 쓸쓸함을 느꼈다. 그는 그 은제 복숭아의 이야기를 듣고 즉각 쓸쓸한 원인을 깨달았다. 혁명을 하려면 그냥 투항한다고 말만 해서는 안 되며, 변발을

---

37 뒤에 받을 목적으로 금품 등을 대신 지급하는 일.
38 柿油黨, 농민들은 자유당의 뜻을 몰라서 음이 비슷한 시유당으로 알고 있음.

틀어 올리는 것만으로도 안 된다. 우선 역시 혁명당과 사귀어야 한다. 그가 평소에 아는 혁명당원이라고는 단 두 사람뿐이었는데, 성안에 있던 사람은 벌써 '댕강' 목을 잘렸고 이제는 가짜 양놈만 남아 있을 뿐이었다. 그는 서둘러 가짜 양놈에게 가서 의논하는 것 외에는 다른 길이 없다.

전씨네 집 대문은 마침 열려 있었다. 아Q는 겁이나 슬금슬금 들어갔다. 그는 안에 들어가자 깜짝 놀랐다. 가짜 양놈이 마당 한복판에 서 있었는데, 온몸에 시꺼멓게 두른 것은 아마 양복일 거고, 몸에는 은제 복숭아 휘장을 하나 달고 있었으며, 손에는 아Q가 일전에 경을 친 단장이 들려 있었다. 이미 한 자 남짓 자란 변발을 풀어헤쳐 어깨 위에 늘어뜨렸는데, °봉두난발[39]의 꼴새가 흡사 유해 선인과 같았다. 맞은편에는 조백안과 건달 셋이 똑바로 서서 아주 공손히 연설을 듣고 있었다.

<small>당나라 때의 신선</small>

아Q는 가만가만히 다가가 조백안의 뒤에 서서 인사를 하려고 했으나 뭐라고 말해야 좋을지 몰랐다. 가짜 양놈이라고 하는 건 물론 안 되고, 양놈이라고 하는 것도 적절하지 않다. 혁명당이라고 하기도 적절하지 않으니 그냥 양 선생이라고 부르면 되지 않을까.

양 선생은 좀처럼 그를 쳐다보지 않았다. 눈동자를 희번덕거리며 한창 열변을 토하는 중이었기 때문이다.

"나는 성미가 급한지라 우리는 만나기만 하면 '홍형, 우리도 손을 씁시다!' 하고 늘 말했지. 그러나 그는 늘 '노우!'라고 한단 말이야. 이건 서양 말이니 자네들은 몰라. 그렇지 않았으며 벌써 성공

했을 거야. 그런데 이게 바로 그가 일 처리를 함에 있어서 신중히 한다는 점이지. 그는 여러 번이나 나더러 호북으로 가라고 했지만 난 아직 응하지 않았어. 누가 그런 작은 고장에서 일하기를 원하겠어."

"음…… 저어……."

아Q는 가짜 양놈의 말이 잠깐 끊어진 때를 기다렸다가 마침내 있는 용기를 내어 입을 열었다. 그러나 어찌된 셈인지 양 선생이라고는 부르지 않았다. 이야기를 듣고 있던 네 사람이 모두 깜짝 놀라 아Q를 뒤돌아보았다. 양 선생도 그제야 쳐다보았다.

"뭐야?"

"저는……."

"나가!"

"전 항복하려고……."

"꺼지란 말이야!"

양 선생은 지팡이를 쳐들었다. 조백안과 건달들도 모두 고함을 질렀다.

"선생께서 너보고 썩 꺼지라는데도 아직도 말이 안 들려?!"

아Q는 손으로 머리를 싸매고는 저도 모르게 문 밖으로 뛰쳐나왔다. 양 선생은 더 쫓아오지 않았다. 아Q는 약 육십 보쯤 잽싸게 달음질치고 나서야 천천히 걸었다. 그러자 그의 마음속에선 걱정이 솟아올랐다. 양 선생이 그가 혁명하는 것을 허락하지 않는다

---

39 머리털이 쑥대와 같이 헙수룩하게 마구 흐트러짐.

면 다른 길이 없다. 이제부터는 흰 투구에 흰 갑옷의 사람들이 자기를 부르러 올 리 만무하고, 그의 모든 포부 의지 희망 전망은 단번에 사라지고 말 것이다. 건달들이 소문을 퍼뜨려 왕 털보 따위에게 웃음거리가 되는 것은 오히려 둘째 문제다. 그는 여태 이런 황당한 일을 경험해 본 적이 없는 것 같았다.

그는 자기가 변발을 틀어 올린 것이 아무 의미가 없는 것 같았고 모욕감이 들었다. 앙갚음을 하기 위하여 즉각 변발을 풀어 버리려고 생각했으나, 결국 풀지는 않았다. 그는 밤까지 어슬렁거리다가 술 두 사발을 외상으로 긋고 들이켰다. 그러자 점점 기분이 좋아져서 머릿속에 또 흰 투구와 갑옷의 편린들이 떠올랐다.

어느 날 그는 예전처럼 밤늦도록 빈둥거리다가 술집이 문을 닫을 때쯤 돼서야 간신히 터덜터덜 사당으로 돌아 왔다.

"퍽, 팍!"

그는 돌연 이상한 소리를 들었으나 폭죽 소리는 아니었다. 아Q는 본래 구경하기를 좋아하고, 남의 일에 쓸데없이 간섭하기를 좋아하는 지라 곧 어둠 속을 달려 나갔다. 앞에서 발자국 소리가 나는 것 같았다. 그가 귀를 기울이고 있을 때 별안간 한 사람이 맞은편에서 도망쳐왔다. 아Q는 그것을 보자 재빨리 몸을 돌려 따라붙기 시작했다. 그 사람이 모퉁이를 돌면 아Q도 모퉁이를 돌았고, 그 사람이 멈추면 아Q도 멈췄다. 뒤를 돌아보니 아무 것도 없었다. 그 사람을 살펴보니 바로 소D였다.

"조씨네 집이 털렸어"

소D는 헐떡거리며 말했다. 아Q의 가슴은 두근두근 뛰었다.

소D는 말을 마친 뒤 곧장 가버렸다. 아Q는 도망치다가도 두세 차례 멈춰 섰다. 그러나 그는 그래도 '이런 방면의 일'을 해본 자인지라 각별히 담이 컸다. 모퉁이를 돌아 나와 가만히 귀를 기울이자 시끌벅적한 소리가 들리는 것 같았다. 자세히 살펴보니 흰 투구에 흰 갑옷을 입은 많은 사람들이 끊임없이 궤짝과 가구를 들어내고, 수재 여편네의 영파식 침대도 들어내는 것 같았으나 확인할 수는 없었다. 그는 더 앞으로 나아가려 했으나 두 다리가 도무지 말을 듣지 않았다.

그날 밤은 달도 뜨지 않았다. 미장마을은 어둠속에 너무나 고요해서 °복희씨[40] 시절처럼 아주 태평스러워 보였다. 아Q는 거기서서 싫증이 나도록 바라보았지만 저쪽은 역시 조금 전처럼 왔다 갔다 하며 궤짝과 가구를 들어내는 것 같았다. 수재 여편네의 영파식 침대도 들어낸 것 같았다. 너무 내오는 바람에 그는 자신의 눈을 믿을 수 없었다. 그러나 그는 더는 가까이 가지 않기로 결심하고 자기의 사당으로 돌아왔다.

사당 안은 컴컴했다. 그는 문을 닫고, 자기 방으로 더듬거리며 들어갔다. 한참을 누워 있으니 그때서야 정신이 들어 자신에게 관계된 생각이 떠올랐다. 흰 투구에 흰 갑옷을 입은 사람이 분명히 왔으나 그를 부르러 오지는 않았다. 허다한 좋은 물건을 많이 날랐으나 자기의 몫은 없었다. 이것은 모두 가증스런 가짜 양놈이 나에게 모반을 허락하지 않았기 때문이다. 그렇지 않다면 이

---

40 중국 고대 전설에 나오는 임금.

번에 어째서 내 몫이 없단 말인가? 아Q는 생각할수록 분통이 터져 마침내는 마음 가득히 통한을 참을 수가 없어 독하게 머리를 흔들고는 지껄였다.

"그래 나는 혁명을 못하게 하고 너만 모반하겠다는 거지? 이 니미랄 가짜 양놈아, 그래 네가 혁명했겠다. 혁명은 목이 잘리는 죄목이야. 난 기어코 고발해서 네깐 놈이 관청에 잡혀 들어가 목이 잘리는 꼴을 보고 말테다. 일가 전부가 재산을 몰수당하고 참형을 당하게 할 테다. 댕강! 댕강!"

제 9장 대단원

조씨네 집이 털린 뒤 미장마을 사람들은 대체로 속시원해하면서도 무서워했다. 아Q도 역시 마찬가지였다. 그 후 나흘 뒤 아Q가 밤중에 갑자기 체포되어 성안으로 붙잡혀 갔다. 마침 캄캄한 밤이었는데, 한 무리의 병정과 한 무리의 자위대원, 한 무리의 경찰과 다섯 명의 밀정이 미장마을에 몰래 들어와 어둠을 틈타 사당을 포위한 뒤 문 맞은편에 기관총을 설치했다.

그러나 아Q는 뛰쳐나오지 않았다. 한참 동안 아무런 동정이 없었다. 대장이 조급해져 이만 문의 상금을 내걸자 그제야 두 명의 자경대원이 위험을 무릅쓰고 담장을 넘어 들어갔다. 안팎에서 서로 호응하여 일시에 달려들어 아Q를 붙잡았다. 사당 바깥 기관총을 설치해 놓은 부근까지 끌려 나오고 나서야 그는 비로소 정신이 좀 들었다.

성안에 도착했을 때는 벌써 정오 무렵이었다. 아Q는 자기가 어느 낡은 관청에 끌려 들어와 대여섯 개의 모퉁이를 돈 뒤 좁은 방에 처박힌 것을 알았다. 그가 비칠비칠하는 순간 통나무로 만든 목책문 안 문이 그의 발꿈치를 따라 닫혔다. 통나무 문 이외의 삼면은 모두 다 벽이었다. 자세히 보니 목책 문 안 구석에 사람이 둘이나 있었다.

아Q는 속이 좀 울렁거렸지만 별로 고민하지 않았다. 왜냐하면 사당의 침실도 이 방보다 별반 나은 것도 없었기 때문이다. 그 두 사람도 시골 사람인 듯 차츰 그와 이야기를 주고받았다. 한 사람은 거인 영감이 자기 할아버지가 체납한 묵은 소작료를 지불하라는 고소를 당했다고 했고, 다른 한 사람은 무슨 영문인지 모른다고 했다. 그들은 아Q에게 물었다. 아Q는 서슴없이 대답했다.

"난 혁명을 하려 했기 때문이오."

그는 오후에 목책문 밖으로 끌려 나와 대청에 이르렀다. 거기 높은 자리에 머리를 빡빡 깎은 늙은이가 앉아 있었다. 아Q는 그가 중인가 하고 의심했다. 그러나 그의 밑으로는 병정들이 한 줄 늘어서 있었고, 양 옆으로는 긴 두루마기를 입은 사람들이 여남은 명 서 있었는데, 그중에는 이 늙은이처럼 머리를 빡빡 깎은 사람이 있고, 그 가짜 양놈처럼 한 자도 넘는 머리를 등 뒤로 드리운 놈도 있었다. 모두 험상궂은 얼굴에 독기 오른 눈으로 그를 노려보고 있었다. 그는 이 사람들이 틀림없이 대단한 사람이라는 것을 생각하자, 무릎마디가 저절로 힘이 빠져 곧 꿇어 엎드렸다.

"일어서서 여쭈어라! 꿇어앉지 마라!"

두루마기를 입은 사람이 큰 소리로 외치며 말했다. 아Q는 그 말을 알아들은 듯했으나 암만해도 바로 서지 못했다. 그는 저도 모르게 움츠러들어 결국은 꿇어앉게 되었다.

"종놈 근성 같으니라고!"

두루마기를 입은 사나이가 경멸하듯 말했지만 아Q에게 일어 나라고 하지는 않았다.

"사실대로 자백하면 고초를 면할 수 있다. 난 벌써 다 알고 있 다. 실토하면 풀어 줄 것이다."

그 빡빡머리 늙은이가 아Q의 얼굴을 뚫어지게 보며 또박또박 조용히 말했다.

"실토하라!"

두루마기를 입은 사람도 꽥 소리를 질렀다.

"전 본래…… 와서 투항하려고……."

아Q는 우물쭈물 생각하다가 겨우 더듬더듬 말했다.

"그럼 어째서 오지 않았나?"

하고 늙은이가 부드럽게 물었다.

"그 가짜 양놈이 하락하지 않았습니다!"

"허튼소리 말아! 이제 그렇게 말해 봤자 늦었다. 지금 네놈의 일당은 어디 있나?"

"무슨 말씀인지?"

"그날 밤 조씨네 집을 약탈한 놈 말이다."

"그놈들은 절 부르러 오지 않았습니다. 자기들끼리만 가져갔습니다."

아Q는 울화통이 치밀기 시작했다.

"어디로 갔나? 말하면 너를 풀어 주지.

"늙은이는 더 부드럽게 말했다.

"전 모릅니다. 그놈들은 절 부르러 오지 않았습니다."

그리고서 늙은이가 한번 눈짓을 하자 아Q는 다시 목책문 안에 갇혔다. 그가 두 번째로 목책문 안에서 끌려나온 것은 그 이튿날 오전이었다.

대청의 정황은 모두 전날이나 다름없었다. 높은 자리에는 여전히 그 빡빡머리 늙은이가 앉아 있었고, 아Q도 여전히 무릎을 꿇어 앉아 있었다.

노인은 부드럽게 물었다.

"너 또 뭐 할 말이 없느냐?"

아Q는 생각해 보았으나 별로 할 말이 없었으므로

"없습니다."

하고 대답했다. 그러자 긴 두루마기를 입은 사람이 종이 한 장과 붓 한 자루를 아Q 앞에 가져다 놓고는 그의 손에 붓을 쥐어 주려고 했다. 아Q는 이때 깜짝 놀라 거의 혼비백산할 정도였다. 왜냐하면 그의 손이 붓을 잡아 보기는 이번이 처음이었기 때문이다. 그는 정말 어떻게 쥐면 좋을지 몰랐는데, 그 사람은 또 한 곳을 가리키며 거기에 서명하라고 했다.

"전······ 저는······ 글을 모릅니다."

아Q는 붓을 덥석 잡고 황송스럽고 부끄러운 듯이 말했다.

"그럼 너 편한 대로 동그라미를 하나 그려라!"

아Q는 동그라미를 그리려고 했지만 떨리기만 했다. 그러자 그 사람은 그를 위해 종이를 땅바닥에 펼쳐 놓았다. 아Q는 엎드려서 평생의 힘을 다 들여 동그라미를 그렸다. 그는 남의 웃음거리가 될까 봐 두려워 동그랗게 그리려고 마음 먹었으나, 이 망할 놈의 붓이 아주 무겁기도 하고 또한 말을 듣지 않아 부들부들 떨면서 겨우 마무리 지으려는데 붓끝이 바깥으로 솟구쳐 수박씨 모양으로 되고 말았다.

아Q는 동그랗게 그리지 못한 것을 매우 창피하게 생각했는데, 그 사람은 별로 탓하지 않고 어느새 종이와 붓을 거두어 갔다. 여러 사람들이 달려들어 그를 다시 목책문 안으로 처넣었다.

그는 목책문 안에 다시 들어와서도 그다지 걱정하지 않았다. 그의 생각으론 사람이 세상 천지에 살다 보면 때로는 잡혀 들어가기도 하고 잡혀 나오기도 하는 거고, 때로는 종이에 동그라미를 그려야 할 때도 있는 법이다. 다만 아쉽게도 그놈의 동그라미를 동그랗게 그리지 못한 것이 그의 평생에 하나의 오점이 된다고 생각했다.

그러나 얼마 안 가서 그것조차도 개의치 않게 되었다. 그는 아무짝에도 쓸모없는 놈들이나 동그랗게 잘 그리겠지 하고 자기 자신을 위안했다. 그리하여 그는 잠들고 말았다.

그러나 이날 밤 거인 영감은 잠을 이루지 못했다. 그는 대장과 다투었다. 거인 영감은 도둑맞은 물건을 돌려받는 것이 우선이라 했고, 대장은 °조리돌림41을 하는 것이 우선이라고 했다. 대장은 요즘 거인 영감을 안중에 두지 않았다. 그는 책상을 치고 걸상을 차면서 말했다.

"일벌백계(一罰百戒)입니다! 보시오. 내가 혁명당이 된 지 스무 날도 안 되어, 강도 사건이 벌써 십여 건인데다가 모두 미결 사건이니 내 체면이 뭐가 되겠소? 사건이 해결 될라치면 당신이 또 와서 망쳐 놓기나 하고. 안됩니다! 이건 내 권한이오!"

거인 영감은 궁지에 몰려 급하게 됐다. 그러나 여전히 굽히지 않았다. 말인 즉 만일 도둑 맞은 물건을 찾아내지 못하면 민정을 돕는 일을 당장 그만두겠다고 했다. 그러나 대장은 오히려 "마음대로 하슈!"하고 투덜댔다. 그래서 그날 밤 거인 영감은 잠을 이룰 수 없었다. 그러나 다행히 다음날도 사직하지는 않았다.

아Q가 세 번째로 목책문 안에서 끌려 나온 것은 거인 영감이 잠 못 이룬 밤 다음날 오전이었다. 그는 대청에 나가보니 높은 자리에는 여전히 빡빡머리 늙은이가 앉아 있었고, 아Q도 역시 전처럼 무릎을 꿇고 앉아 있었다. 늙은이가 아주 부드럽게 물었다.

"무슨 할 말이 없느냐?"

아Q는 생각해 보았으나 별로 할 말이 없었으므로 곧

"없습니다."

하고 대답했다. 긴 두루마기를 입은 많은 사람들과 짧은 옷을 입은 사람들이 별안간 그에게 무명으로 만든 흰 조끼를 입혔는데, 위쪽에는 검은 글자가 쓰여 있었다.

---

41 북을 이고 맷돌을 지고서 화살을 귀에 꿰어 온 마을을 돌게 하는 형벌.

아Q는 몹시 기분이 나빴다. 왜냐하면 그것은 마치 상복을 입는 것 같았고, 상복을 입는 것은 재수 없는 일이기 때문이다. 그러나 동시에 그의 두 손은 뒤로 결박당했고, 이어 곧바로 관청 밖으로 끌려 나갔다.

아Q는 포장이 없는 수레에 실렸다. 짧은 옷을 입은 몇 사람도 그와 함께 같은 자리에 앉았다. 수레는 곧 움직였다. 앞에는 총을 멘 병정들과 자경단원들이 대열을 지었고, 양옆으로는 입을 헤벌린 많은 구경꾼들이 있었다. 뒤는 어떤가? 아Q는 돌아보지 않았다. 그러자 그는 문득 깨달았다. 이건 목을 잘리러 가는 것이 아닌가? 그는 기겁하여 눈앞이 캄캄하고 귀가 멍멍하며 쓰러질 것만 같았다.

그러나 그는 완전히 까무러치지는 않았다. 때론 조급해지기도 했으나 때로는 오히려 태연했다. 그의 생각으로는 사람이 세상천지에 살다보면 때로는 목을 잘리는 일이 없으리란 법도 없다고 생각하는 것 같았다.

그는 아직도 길을 아는지라 좀 의아하게 생각했다. 왜 형장 쪽으로 가지 않을까? 그는 이것이 조리돌리는 것인 줄 알지 못했다. 그러나 설령 안다 해도 마찬가지이다. 그는 사람이 세상천지에 살다보면 때로는 조리돌림을 당하는 일도 있는 법이라고 생각했을 테니까.

그는 이 길이 형장으로 돌아가는 길이고, 이는 틀림없이 '댕강' 목을 잘리리라는 것을 깨달았다. 망연히 좌우를 둘러보니 개미떼처럼 따라오는 사람 천지였다. 그는 생각지도 않게 길가 사람들

무더기 속에서 오마를 발견했다. 정말 오랜만이었다. 그 여자는 성안에서 고용살이를 하고 있었다.

아Q는 자기가 용기가 없어 결국 노래 한 자락 부르지 못하는 게 참으로 창피했다. 그의 생각은 회오리바람처럼 뇌리를 소용돌이쳤다. '젊은 과부, 성묘하러 가네'는 당당하고 성대하지 못하다. '용과 호랑이의 싸움'의 한대목인 '어찌 할꼬'도 너무 밋밋한 것 같다. 역시 '손에 쇠 채찍 잡고 네놈을 치리라.'로 하자. 그는 동시에 손을 쳐들려 했으나 비로소 두 손이 묶인 것을 알았고, 그래서 '손에 쇠 채찍 잡고'도 부르지 못했다.

"이 십년이 지나면 다시……."

하고, 아Q는 이 와중에도 누구한테서도 배운 적이 없고 입에 내어 본 적도 없는 말이 절반가량 튀어나왔다.

"잘한다!!!"

사람들 속에서 승냥이의 울부짖음과 같은 소리가 났다.

수레는 멈추지 않고 앞으로 나아갔다. 아Q는 갈채 소리 속에서 눈알을 두리번거리며 오마를 보았으나 오마는 도무지 그에게는 신경을 쓰지 않는 것 같았고, 병정들이 멘 총에만 정신이 팔려 있었다. 아Q는 그래서 박수치는 사람들을 다시 둘러보았다.

'영웅 장부'의 부류에 의하면 법을 범해 묶여서 형장에 다다라 목이 잘릴 때, 그들은 형벌에 굴복 않고 그 신분을 유지하기 위하여, '이십 년이 지나면 다시 사나이로 태어난다.'라는 한 구절을 의기양양하게 소리쳐야 했다.

그 순간 그의 생각은 또 회오리바람처럼 뇌리를 소용돌이쳤다.

사 년 전 그는 산기슭에서 굶주린 승냥이 한 마리를 만난 적이 있는데, 승냥이는 내내 일정한 간격을 두고 뒤를 따르며 그를 잡아먹으려 했다. 그는 그때 무서워서 거의 죽을 지경이었는데, 다행히 손에 나무 하는 도끼가 있어 이를 믿고 용기를 내어 간신히 미장마을까지 버티고 왔다. 그러나 승냥이의 눈은 영원히 기억에 남아 있다. 그 흉악하고도 겁 많은 눈은 마치 두 개의 반짝반짝하는 도깨비불처럼, 멀리서 그의 가죽과 살을 꿰뚫는 것 같았다. 그런데 지금 그는 이제까지 본 적이 없는 더 무서운 눈을 보았다. 그것은 둔한 것 같기도 하고 날카로운 것 같기도 한데 벌써 그의 말을 씹어 삼켰을 뿐만 아니라, 그의 육체 이외의 뭔가를 씹어 먹으려고 내내 일정한 간격을 두고 뒤쫓아 오는 것이었다. 이 눈알들이 한 덩어리가 되어 어느새 그곳에서 그의 영혼을 물어 뜯고 있었다.

'사람 살려……'

그러나 아Q는 입 밖에 내서 말하지 않았다. 그는 진즉에 두 눈이 캄캄해지고 귀가 멍멍해지며 온몸이 작은 티끌이 되어 흩어지는 것 같았다.

당시의 영향으로 치면 제일 많이 받은 쪽은 오히려 거인 영감이었다. 장물을 끝내 찾지 못해 그의 온 집안이 울고불고 난리였다. 그 다음은 조씨네 집이었다. 수재가 고발하러 성내로 들어갔을 때, 악질 혁명 당원에게 변발을 잘렸을 뿐만 아니라, 이십 냥을 포상금으로 털렸기 때문에 온 집안이 또 대성통곡했다. 그때 이후로 그들은 점점 전 왕조의 유신 같은 냄새를 풍겼다.

그런데 일반 여론으로 말하자면 미장마을에서는 별반 이의가 없었고 자연 아Q가 나쁘다고 말했다. 총살당한 것은 그가 나쁘다는 증거다. 나쁘지 않으면 왜 총살을 당했겠는가? 그러나 성안의 여론은 그다지 좋지 않았다. 그들은 총살은 목을 자르는 것만큼 구경거리가 못 된다며 대부분 불만스러워했다. 게다가 이렇게 변변찮은 사형수임에랴. 그렇게 오랫동안 조림돌림을 당하면서도 노래 한 곡조 뽑지 않다니, 구경꾼들은 헛걸음만 하였다고 불평이 대단했다.

루쉰 1881~1936

중국 현대소설의 아버지. 중국 절강성 소흥부에서 대지주의 장남으로 태어나 의사가 되려 했으나 중국인의 미개한 의식을 깨치기 위해 문학으로 진로를 바꾸었다. 그는 누구보다 강렬한 민족의식을 가지고 평생 글을 썼다. 대표작으로 『광인일기』, 「고향」 등이 있다.

독후 활동

1 '아Q정전'이란 이름도 없는 아Q에 대해 쓴 전기라는 뜻입니다. 왜 지은이는 등장인물에 구체적인 이름을 붙이지 않고 아Q라고 했는지 말해 보세요.

2 아Q의 '정신 승리법'이란 무엇인가요?

3 아Q가 행한 여러 행동 중 가장 재미있는 행동은 무엇인지 말해 보세요.

4 아Q는 어떻게 생겼을까요? 아Q의 모습을 그려 보세요.